びろう葉帽子の下で

山尾三省詩集

野草社

びろう葉帽子の下で

序

今福龍太

詩は言葉によって書かれている、とお思いですか？　いいえ、かならずしもそうとはかぎりません。ときどき、ほんとうにまれに、特異な詩人がいます。自分や世界を表出するための道具が、本質的には言葉ではない詩人です。詩はすでにおのずからそこにあって、それを追いかけてゆくためだけに言葉をそっと紡ぎだすような詩人です。その詩を読む私たちは、言葉であるもの以前の何かに心打たれています。言葉を超える何かに心震わせています。山尾三省とはそんな「言葉以前」に依《よ》って立つ詩人です。

　では三省にとって言葉以前の詩は何によって書かれているのでしょう？　土。スモモの花。ゲンコツ花。おこばな《ツワブキ》。焚かれた火。サルノコシカケ……。あるいは光、ついには神。だからこの詩人の手にある筆記用具は筆でもペンでもありません。彼の道具は草を刈る鎌であり、土を掘り起こす鋤《すき》であり、畝《うね》をつくる鍬《くわ》です。焚き火をし、風呂をたくための薪です。でもそんなときに燃やすのは薪であって薪でないもの、そこで熾《おこ》るのは火であって火でないなにか。そう、三省はやはりそこで、詩を焚《た》き、言葉を炊《た》き、意味を薫《た》いているのです。詩人たろうとする希求がとても強いとき、言葉の方が自然のはたらきへと身を寄せてくるのです。

三省の詩のなかに頻出する動詞たち。起こす、刈る、蒔《ま》く、摘む、掘る、挽《ひ》く、搗《つ》く。農に発する仕事と食のささやかな恩寵に生きた詩人ならではの語彙です。でもこれらは動詞である前に身体の動きそのものであり、心と身体の触れ合いのなかで生れる情動のしるしであり、生への願いであり、死すべきものの祈りです。その点では、三省が二百円で手に入れた奄美のびろう葉帽子も、おなじ祈りの具現化でした。

私は奄美びとの手になるびろう葉の帽子をかぶったことはありません。でもかわりに、エクアドルの低地モンテクリスティ村の職人が精魂込めてトキージャ草から織り上げたパナマ帽をもう三〇年近くも愛用してきました。これを被ると心が透明になります。三省もいうように、つばの広いこうした藁帽子をかぶると、視界が遮られ、見えない世界の存在を素直に受け入れることができるようになり、そのため人はなぜか謙虚になるのです。

そこから土への深い帰依の心が生れます。太陽は見えなくともその遍在を信じることができます。巨樹に宿る神との対話をつうじて深く祈ることができます。これらは、私たちの都市的日常から遠い風景でしょうか？　俗事に拘《かかずら》っている限り近づけない世界でしょうか？　私はそうは思いたくありません。三省の描く日々の営みは、疲れた現代人にとっての夢ではなく、私たちのいまに隠れているはずの、内なる奇蹟という名の真実なのです。

本書に収められている「ほうせん花と縄文杉」を読んでください。小さなものと大いなるものとの、へだたりのない対話です。どこにも差別はありません。断絶もないのです。短い命と悠久の生命のあいだにある真実は、その二つの命が呼応し、通底していることを信じる心だけです。生きることと死ぬことの対立は、ここで柔らかく止揚されています。モータル（mortal）とは「死すべき」ということですが、それはまた「人間の」、あるいは「この世の」という意味をも持ちます。生死は表裏一体となって、ついにひとつの命の充足を語るのです。三省は言いました。草取りとは「死すべき　わたくしの時を取る」ことだと。私たちもまた、びろう葉帽子をかぶって、日々の草取りに謙虚に励むだけです。

この本を読んでいると、天空から、あるいは地底から声が聴こえてきます。だれかが南無阿弥陀仏、とつぶやいたようです。だれかがラーマクリシュナ、と声を放ったようです。だれかがサンタマリア、と静かに手を合わせたようです。孤独であること、苦しみ、淋しさ。そこから発した祈りの声のように思えますが、不思議なことにその声から触れ合いがうまれ、喜びが訪れ、華やぎがたちあがるのです。もう誰も少しも淋しくはないのです。

孤独、痛苦、淋しさの道にすっくと立って、それらを命の華やぎへと変える無名の手。俗世の争いごとには敗れた手かもしれません。けれどそんな手が慎ましく織り上げたびろう葉帽子。その荒々しくも優美な手ざわりこそが三省の詩です。その、ただそこにある、静かさと深さの世界こそ、「敗れ去って行ったものの　不可思議の力」なのです。


（いまふく・りゅうた　文化人類学者・批評家）

びろう葉帽子の下で　目次

歌のまこと

地霊

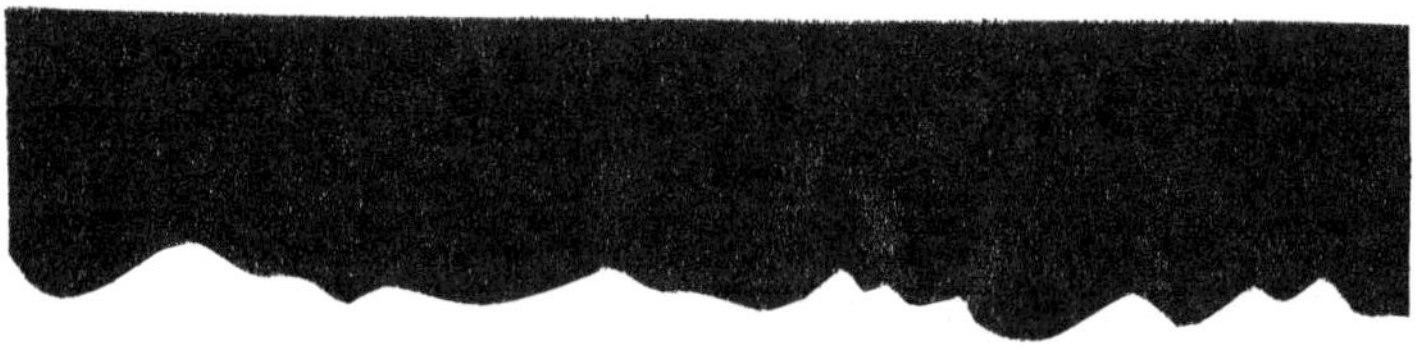

水が流れている

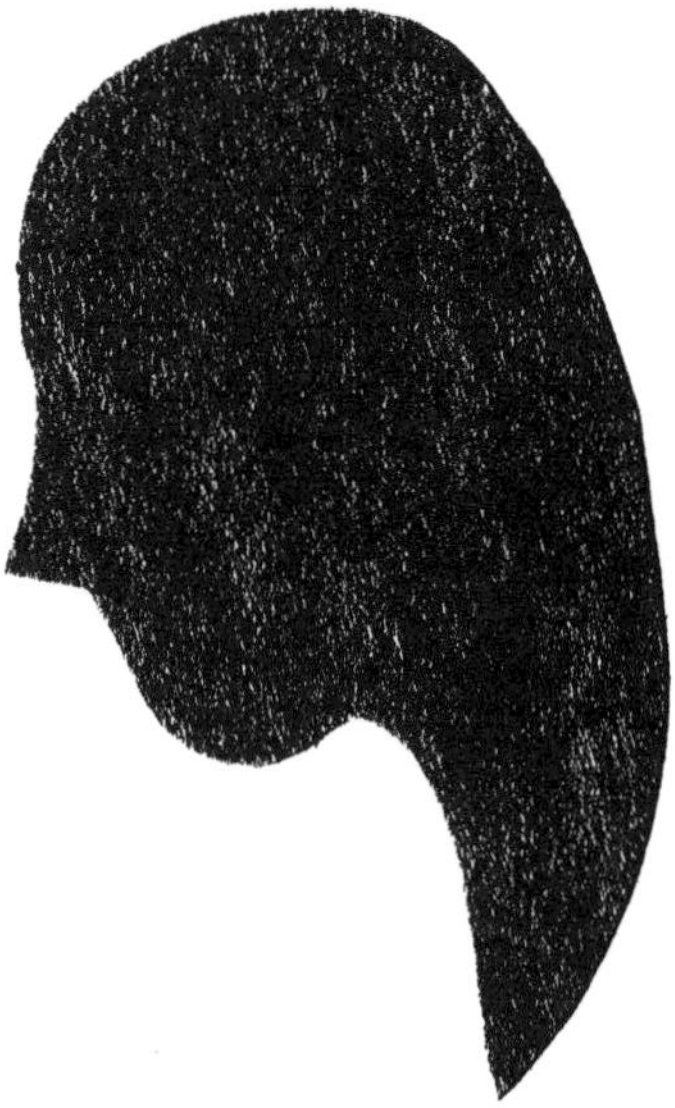

縄文の火

びろう葉帽子の下で

装画・イラスト=nakaban　デザイン=三木俊一（文京図案室）

山尾三省詩集―びろう葉帽子の下で

歌のまこと

川辺の夜の歌

私の胸の内で
一人の聖者が神の愛に酔いしれて　涙を流しながら踊っている
涙は両方の眼からあふれて　頬まで流れている
その人の名はチャイタニア

私の耳の内に
一人の聖者が語った言葉が　今なお深く残っている
神を求めて泣きなさい
神を求めて泣きなさい　そうすればお前は神を見ることが出来るだろう
その人の名はラーマクリシュナ

私は白く泡立つ谷川のほとりに住む　ひとりの新しい農夫
夜になると
流れ下る川の音を聴きながら
いつになったらその川の音とひとつになって

涙にくれる日がくるだろうかと
待ちつづけている

土と詩

土がそのまま詩であれば
僕は幸福をつかんだのであろう
詩がそのまま土であれば
僕は幸福そのものであろう

だが
土の詩人は疲れて歌うことがない
詩人の土は無言である

幸福はいらない
生きてゆく

生きて心を実現してゆく
土は無限の道場《アシュラム》
詩はそこに正座する

すみれほどな小さき人に

縄文杉は
その樹齢七千余年　根まわり四十三メートルと言われている
そんな途方もない樹が生い繁っている島に移り住んで
いつしか一年が過ぎていこうとしている
すみれほどな　小さき人に　生まれたし
と　わたくしの夏目漱石は詠んだ
その心が　わたくしの現実の心となった

まだ見ぬ縄文杉の生い繁るこの島で
わたくしはひともとのすみれ草となろう
縄文杉の森を飾る　すみれの花となろう

歌のまこと

ひとりの男が
まことの歌を胸に探り
この世の究極の山へ登り入った
山は深く
雨さえも降り
実は
淋しい登山であった
同伴者がいなくはなかったが
真の同伴者は
己《おのれ》一人

まことの歌をうたうものでしかなかった
それがまことの歌なのか
まことらしき歌なのか
明確でないところに　この登山の困難があった

ひとりの男が
まことの歌を胸に探り
この世の究極の山へ登り入った
山は暗く
雨さえも降り
実は淋しい登山であった
あたかも
まことの確証はその淋しさの中にこそ在り
樹に花咲く時は
虚《うつろ》なことであるかのようであった

この道

——太郎に——

屋久島の
山に向かって　頭《こうべ》をたれる
海に向かい　掌を合わせる

今　父は
お前とお前の二人の弟と　母さんと共に
この島の　この道を歩いている
この道は父が　父の知識の力と　心の力のすべてをそそぎこんで
父自身とお前達のために選んだ道だ

父は麦ワラ帽子に守られて
鎌を片手に　この夏の野の道を歩く
一人の詩人として　貧しい心の山畑を開く
お前は背番号13を負って
一人の島の中学生として　人間の深淵をのぞき見るかも知れぬ

この道は　帰ることのできない道
お前も　父も　弟達も母さんも　もう帰ることはない道
行きつづけるだけの道だ
だから父は　自分自身へと同じように　お前に
ただ行きつづけることだけを告げる

屋久島の
山に向かって　頭《こうべ》をたれる
海に向かい　掌を合わせる

月夜

（一）

十一夜の明るい月が

黒々とした森の上にある
大きなエイの形をした白雲が　空の真中にあり
その尻尾は月に向かい　虹を作っている
身心病み
ときどき　もう死ぬのかなと思ったりするが
こんな美しい月の夜には
改めて襟《えり》を正し　自分自身という港に向かって出発しようと　思う
千古めぐりめぐる　不滅の月夜の
夢と現実
現実と夢
二つ合わせて　大きなひとつの夢だ
十一夜の月が
そろそろ森の端にかかろうとしている
大きなエイの形をした白雲が　空の真中にあり
その尻尾は月に向かい　虹を作っている

（二）

十一夜の明るい月が

黒々とした森の端にかかろうとしている
大きなアリクイの形をした白雲が　空の真中にあり
そのくちばしに当たる部分に　虹ができている
強く母を思う
父を思う
眼に見え　心に映るものは　すべてこれは自由の像《かたち》だ
希望がある像《かたち》
希望がない　という像《かたち》
それは　自由という　ひとつの大きな涙だ
十一夜の明るい月が
黒々とした屋久島の森の上にある
大きなアリクイの形をした白雲が　空の真中にあり
そのくちばしには　虹ができている

（三）

森の端に　月は沈もうとしている
ひととき
神という慰めを与えてくれた　十一夜の清らかな月が

空に明るさを残して
黒い森の向こうに沈もうとしている
母豚は眠っているか
五匹の仔豚も眠っているか
山羊のローラは　眠っているか
生活を神にしようとする思い
神を生活にしようとする思い
二つの思いは　どこにでもあるひとつのつつましい現実だ
森の端に　月が沈もうとしている
空の明るさをそのまま残して
黒い森の向こうに沈もうとしている

聖老人

屋久島の山中に一人の聖老人が立っている
齢《よわい》およそ七千二百年という

ごわごわとしたその肌に手を触れると
遠く深い神聖の気が沁み込んでくる
聖老人
あなたは　この地上に生を受けて以来　ただのひとことも語らず
ただの一歩も動かず　そこに立っておられた
それは苦行神シヴァの千年至福の瞑想の姿に似ていながら
苦行とも至福ともかかわりのないものとして　そこにあった
ただ　そこにあるだけであった
あなたの体には幾十本もの他の樹木が生い繁り　あなたを大地とみなしているが
あなたはそれを自然の出来事として眺めている
あなたのごわごわとした肌に耳をつけ　せめて生命の液の流れる音を聴こうとするが
あなたはただそこにあるだけ
無言で　一切を語らない
聖老人
昔　人々が悪というものを知らず　人々の間に善が支配していたころ
人間の寿命は千年を数えることが出来たと　わたしは聞く
そのころは　人々は神の如くに光り輝き　神々と共に語り合っていたという
やがて人々の間に悪がしのびこみ　それと同時に人間の寿命はごんごん短くなった

それでもついこの間までは　まだ三百年五百年を数える人が生きていたという
今はそれもなくなった
この鉄の時代には　人間の寿命は百歳を限りとするようになった
昔　人々の間に善が支配し　人々が神と共に語り合っていたころのことを
聖老人
わたくしは　あなたに尋ねたかった
けれども　あなたはただそこに静かな喜びとしてあるだけ
無言で一切のことを語らなかった
わたくしが知ったのは
あなたがそこにあり　そして生きている　ということだけだった
そこにあり　生きているということ
生きているということ
聖老人
あなたの足元の大地から　幾すじもの清らかな水が泌み出していました
それはあなたの　唯一の現わされた心のようでありました
その水を両手ですくい　わたくしは聖なるものとして飲みました
わたくしは思い出しました
法句経九十八

村落においても　また森林においても
低地においても　また平地においても
拝むに足る人の住するところ　その土地は楽しい――
法句経九十九
森林は楽しい　世人が楽しまないところで　貪欲を離れた人は楽しむであろう
かれは欲楽を求めないからである――
森林は楽しい　拝むに足る人の住するところ　その土地は楽しい
聖老人
あなたが黙して語らぬ故に
わたくしはあなたの森に住む　罪知らぬひとりの百姓となって
鈴振り　あなたを讃える歌をうたう

火を焚きなさい

山に夕闇がせまる
子供達よ

ほら　もう夜が背中まできている
火を焚きなさい
お前達の心残りの遊びをやめて
大昔の心にかえり
火を焚きなさい
風呂場には　充分な薪が用意してある
よく乾いたもの　少しは湿り気のあるもの
太いもの　細いもの
よく選んで　上手に火を焚きなさい

少しくらい煙たくたって仕方ない
がまんして　しっかり火を燃やしなさい
やがて調子が出てくると
ほら　お前達の今の心のようなオレンジ色の炎が
いっしんに燃え立つだろう
そうしたら　じっとその火を見詰めなさい
いつのまにか――
背後から　夜がお前をすっぽりつつんでいる

夜がすっぽりとお前をつつんだ時こそ
不思議の時
火が　永遠の物語を始める時なのだ

それは
眠る前に母さんが読んでくれた本の中の物語じゃなく
父さんの自慢話のようじゃなく
テレビで見れるものでもない
お前達自身が　お前達自身の裸の眼と耳と心で聴く
お前達自身の　不思議の物語なのだよ
注意深く　ていねいに
火を焚きなさい
火がいっしんに燃え立つように
けれどもあまりぼうぼう燃えないように
静かな気持で　火を焚きなさい

人間は
火を焚く動物だった

だから　火を焚くことができれば　それでもう人間なんだ
火を焚きなさい
人間の原初の火を焚きなさい
やがてお前達が大きくなって　虚栄の市へと出かけて行き
必要なものと　必要でないものの見分けがつかなくなり
自分の価値を見失ってしまった時
きっとお前達は　思い出すだろう
すっぽりと夜につつまれて
オレンジ色の神秘の炎を見詰めた日々のことを

山に夕闇がせまる
子供達よ
もう夜が背中まできている
この日はもう充分に遊んだ
遊びをやめて　お前達の火にとりかかりなさい
小屋には薪が充分に用意してある
火を焚きなさい
よく乾いたもの　少し湿り気のあるもの

太いもの　細いもの
よく選んで　上手に組み立て
火を焚きなさい
火がいっしんに燃え立つようになったら
そのオレンジ色の炎の奥の
金色の神殿から聴こえてくる
お前達自身の　昔と今と未来の不思議の物語に　耳を傾けなさい

淋しさ

ヒマラヤではない
この南の島に住みながら
背中が凍りそうに冷え　口がまともに合わないような
淋しさがある
その淋しさの　金色の光を　旅をしてゆく
ヒマラヤではない

南の島に住みながら
背中が凍りそうに冷え　口がまともに合わないような
淋しさがある

海へ行った

海へ行った
眼と心の思いを　もう一度修行者の位置に静めるために
誰もいない　わたしの海に行った
海へ行った
眼と心の思いを　もう一度　修行者の位置に静めるために
そういう生活をするために
誰もいない　あなたの海へ行った

家族

家族は　全世界への旅の始まり
慈と悲への　旅の始まり
そして
その旅の終りに見えるひとつの灯《ともしび》
家族は　厳粛な真理の現われ
はだかのわたくしが映される　鏡

夕日

一日の畑仕事を終えて
妻とお茶を飲んでいると
右の後頭部が妙に明るかった
振りかえってみると

太郎　中学三年

大工

山の端に今や沈もうとしている太陽が
神の瞳のように明るく輝かしく　そこにあるのだった
〈ああ　いい夕日だな〉と私はつぶやいた
〈そう　いい夕日〉と妻は答えた
明るく輝かしい夕日が沈んでいってから
妻は晩御飯の仕度にかかり
私は豚の餌をもらいに一湊《いっそう》の町へ下った
神よ
すべての農夫農婦の胸に
明るく輝かしい夕日が沈んでゆきますよう
神よ
農業が愛されますよう

後輩にあとをゆずって　野球部を引退したお前に
この夏休みの宿題を与える
大きくなったお前と　やがて大きくなる次郎
二人の部屋を　自分達の手で建て増しすること

父は棟梁
図面を引き　ネダ材のホゾを切る
お前は弟子　柱材にホゾ穴を掘る
次郎はやがて十二歳　今はまだ川でうなぎの仕掛に熱中している

何をすることが　本当に楽しいことなのか
何をしているときに　胸に希望があり　それが静かな力となるのか
父は子に教えようとし
父はまた　子から学ぼうとしている

大工
おおいなる　たくみ

夢起こし

――地域社会原論――

わたくしは　ここで夢を起こす
どんな夢かというと
大地が人知れず夢みている夢がある
その夢を起こす
大地には　何億兆とも知れぬいきものの意識が　そこに帰って行った深い夢がある
その夢は椎の木
その夢は小麦
その夢は神
わたくしは　ここで夢を起こす
無言で畑を起こす一人の百姓が　一人の神であることを知り
無言で材を切る一人の大工が　一人の神であることを知り
無言で網を引く一人の漁師が　一人の神であることを知って
わたくしもまた　神々の列に加わりたいと思う

わたくしはこの島で　夢を起こす

地球上だけでなく　宇宙の何処まで行っても　ここにしかないこの島で
地球ながら宇宙ながらに　足を土に突っこんで
その深淵をのぞきこみ
そこに究極の光を見たいと思う
わたくしは　ここで夢を起こす
どんな夢かというと
竹蔵おじが死に　松蔵おじが死に　ウメばいが死に　リュウばいが死んで行った
その大地が
人知れず夢みている夢がある
その夢は船
その夢はばんじろう
その夢は神
わたくしは　人々と共にここで夢を起こす
その夢はしんしんと光降る静かさ
その夢は深い平和
その夢は　道の辺《べ》の草

わたくしは　ここで夢を起こそうと思う

かぼちゃ

夏の終りの南瓜《なんきん》かぼちゃ
秋のお彼岸の　南瓜《なんきん》かぼちゃ
床に五つ六つ　ごろごろしている

自分はかぼちゃは食べない　などというな
かぼちゃを下等な食べものなどと呼ぶな
これは夏の太陽と　土からの真正の贈りもの
正真正銘の土手かぼちゃ
ながい悲《ひ》の日々の　重い結実

夏の終りの南瓜《なんきん》かぼちゃ
秋のお彼岸の　南瓜《なんきん》かぼちゃ
床に五つ六つ　しっかりと転がっている

カワバタさん

カワバタさんは　一湊《いっそう》林道専門の林道人夫である
一湊《いっそう》林道専門の林道人夫は　カワバタさん唯一人である

カワバタさんは　毎日若草色の軽自動車を運転してきて
林道の悪所を補修し
林道の両側の草刈りもしている
草は刈っても刈ってもまた伸びるし　道は補修しても補修しても
ひとたび大雨が降れば　元の川底のような荒んだ姿に帰ってしまう
カワバタさんは終日ものも言わず
出会ってもニコリともせず
いつも少しだけ不機嫌な表情で仕事に励んでいる
というより　人に出会う時だけそういう表情になり
一人の時は山や道と同じ顔をしているのかも知れない
時にはほうと　ひとりごとを洩らすのかも知れない
カワバタさんの仕事は　生涯の仕事である

明日はやめる仕事ではない
カワバタさんの仕事は
　シジフォスの神話のように意味のないくりかえしの仕事である
草は刈っても刈ってもまた生い繁るし
道はなおしてもなおしても　ひとたび雨がくれば元の川底道に戻るからである
けれども
カワバタさんの顔には　意味のない仕事をしている人の苦しみは宿っていない
やがて死すべき人の　何処にでもある日に焼けた
少し不機嫌な静かな皺があるだけである

カワバタさんは　一湊《いっそう》林道専門の林道人夫である
一湊《いっそう》林道専門の林道人夫は　この世にカワバタさん唯一人である

シジフォス

シジフォスという人は

神から　永遠に死ぬことができないという刑罰を受け
身にあまる巨岩を山頂までかつぎ上げると
その岩は音をたててふもとまで転げ落ちる
再びその岩を山頂までかつぎ上げるが　岩はふたたびふもとまで転げ落ちる
永遠に死ねず　永遠にこの作業を続けることが
シジフォスに与えられた刑罰であったと聞いている

この刑罰を
刑罰から逃れさせているものが　いくつかはある
シジフォスが　身にあまる巨岩を山頂までかつぎ上げ終えた　その時の喜びであり
巨岩が山を転がり落ちて行くのを眺める時の　休息であり
さらには
ふたたびその岩をかつぎ上げるために
ゆっくりと山を下って行く時の
あたりの風景が与えてくれるしばしの深い慰めである
刑罰とは　ひとつの切口である
刑罰とは　ひとつの切口の風景である
刑罰は永遠に続き　喜びと慰めもまた永遠に続く

わたくしの真正な夏目漱石は　この刑罰と慰めの山の下にたたずみ
すみれほどな　小さき人に　生まれたし
と　願った

台風が過ぎて

台風が過ぎて
今夜は胸静かにローソクを灯す
胸静かなわけは
阿弥陀佛の無量静光が　やっと思われたからである
台風と共に　ひとつの自己の限界が過ぎて行った

自分がここにをるといふ事が「絶対他力の妙用」に動かされて
をる事なんです　そしてここに落在してをるのです
そこは無責任です
――暁烏敏先生の法話――

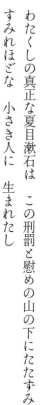

涙がゆっくりと胸を満たしている
その涙は　悲しみとも喜びともつかない　静かな涙である
ローソクのロウが溶けて音もなく流れ下るような涙である

多くの災害を残して　死者さえも出して　台風が過ぎて行った
今夜は胸静かにローソクを灯す
胸静かなわけは
阿弥陀佛の無量に静かな光が　やっとここに届けられたからである

苗

夕方
憤《いきどお》りありそれゆえに悲しく静かな島人と　山を見ながら煙草《たばこ》を吸っていると
ふいと　小学二年生のラーマが松の苗を持ってあらわれた
松の苗は　根もふくめて一尺ばかりの　幼い苗であった
どこへ植えようか　と問う目でわたくしを見るので

わたくしは腰を上げ
家の前のやがて垣根になるべき場所を示した
友人と二本の煙草《たばこ》を吸い終って　行ってみると
ラーマはすでに松の苗を植え終り　自転車に乗っていた
今度は　もっと幼いラーガとアヤコちゃんが
ツツジの苗を植えて水をくれているところだった
五年生の次郎がどこからともなくやってきて
大人びて　これは上等のツツジだよ　と言った

そんなこともあって　いつしか一日の日が暮れて行った

山茶花

秋が深まる
湯呑みに熱い白湯《さゆ》を注ぎ　ありがたく味わう

山茶花の花は　葉の裏側に咲こうとする
白い美しい花なのに　葉の蔭にかくれて少しだけ花びらを見せる
それは多分　理由があることだ
山茶花の濃い緑色の葉は　白い花にもまして美しい
山茶花の濃い緑色の葉は　神の葉だ

秋が深まる
湯呑みに熱い白湯《さゆ》を注ぎ　ありがたく味わう

夕食のあと

夕食のあと
きれいに拭きあげられた食卓の前で
ラーマが耳を動かしてみせた
次郎もやってみたができなかった
今度はラーマが鼻を動かしてみせた

次郎も鼻は動かせた
次にはラーマは目を動かさずに眉を動かしてみせた
次郎はそれもできた
わたくしもやってみたが　そのどれもできなかった
わたくしがそれをすると　五人の子供達は大声で楽しそうに笑った

その遊びが終ると　わたくしはそのままそこで　うたたねをした
夢の中で　竜《ナーガ》という呼び名の無位の真人に会った

山

夕方
何かに追われて　山に入った
山で　ひとかかえほどの椎の木を　二本伐り倒した
向かいの山にはまだ陽が当たっているが
こちらの山はもう夕闇が濃い

柔らかな山の土に腰をおろして　ゆっくりと煙草《たばこ》を吸った
何故かこの時
心の底から山が好きになった

冬の島

冬の島は北西風がごおごおと吹いて
魂までも吹き飛んでいきそう
魂が吹き飛ばされてしまったら
あとにはかさかさした体と　怨恨にまみれた心しか残らないから
一本の枯草にしっかりとつかまって冬を越す　あの　犬のきんたまと呼ばれる
カマキリの卵のように
観音様につかまっている

歌

夕方
黒い山に向かって
ラーマクリシュナ　と声を放ったら
ふいに泪が流れてきた
ラーマクリシュナ
ラーマクリシュナ
わたくしの胸の底のおもいの　ラーマクリシュナ
わたくしの師
わたくしの融合
わたくしの愛

夕方
山に向かって
ラーマクリシュナ　と声を放ったら
とめどもなく泪があふれてきて

わたくしは心から泣いた

道

わたくしは　この道をてくてくと歩いている
この道は淋しい
この道は信仰のほかには何の価値もない
海からの北西の烈風にさらされた　寒々とした道であるが
今は　ただこの道を歩くためにだけ　ここに自分があることを
知らされている

この道の行く果てには　観音様がおられる
この道の　この途上には　観音様がおられる
この道の　やってきた源にも　観音様がおられる
わたくしは　この道をてくてくと歩いている

希望もなく　もとより絶望もない
時おり音をたてて吹きつのる烈風に　魂までも吹き払われそうになるが
吹き払われたとてその先は　観世音
あなたの道であるほかはない

寒い観音様の道
淋しい観音様の道
あなたから逃れられなくなった者が歩く　あなたの道

この道は淋しい
この道は　信仰のほかに何の価値もなく　信仰さえも価値のない道であるが
わたくしは　この道をてくてくと歩いている
この道をどこまでも歩いてゆく

子供たちへ

やがて十七歳になる太郎
お前の内にはひとつの泪《なみだ》の湖がある
その湖は　銀色に輝いている

十三歳の次郎
お前の内にもひとつの泪《なみだ》の湖がある
その湖は　金色に輝いている

八歳になったラーマ
お前の内にも　ひとつの泪《なみだ》の湖がある
その湖は　神の記憶を宿している

やがて九歳になるヨガ
お前の内にはひとつの泪《なみだ》の湖がある
その湖は　宇宙のごとく暗く　青い

六歳のラーガ
お前の内にもひとつの泪《なみだ》の湖がある
その湖は　自己というものを持たない

子供たちよ
貧困と　困難に耐えてすくすくと育ち
お前たちの内なる　泪《なみだ》の湖に至れ

さるのこしかけ

二十五年くらい前に買った　広辞苑
もうそろそろ買い替えようかと思うけど
目張りもしたし
まだごっしりと重味もある
その広辞苑の上に

色合いと形のよいさるのこしかけ　が置いてある
美しく　静かな　さるのこしかけ
山のさるのこしかけが　置かれてある

三月一日

朝起きて
ふと見ると　新しいカレンダーに
地獄は一定住みかぞかし
と　書かれてあった
三月一日
ここらではアオモジの木の白い花が咲きだし
桃のつぼみもふくらんで　すっかり春めいてきたが
わたくし一個の羈旅《きりょ》は
地獄は一定住みかぞかし
であったのだ

そう定まると　すがすがしく
顔を洗う手にも　地獄がこもるのだった

げんげ　九句

いちめんの　げんげ田見えて　悲しくて
いちめんの　げんげ田見えて　うれしくて
この世にも　まだげんげ田の　春をゆく
げんげ田の　げんげの花に　生まれたし
げんげ田を　鋤きし先祖の　姿かな
げんげ田に　涙ひとすじ　落としけり
あなたに　げんげの花を　観世音
いちめんの　げんげ田見えて　うれしくて
いちめんの　げんげ田見えて　悲しくて

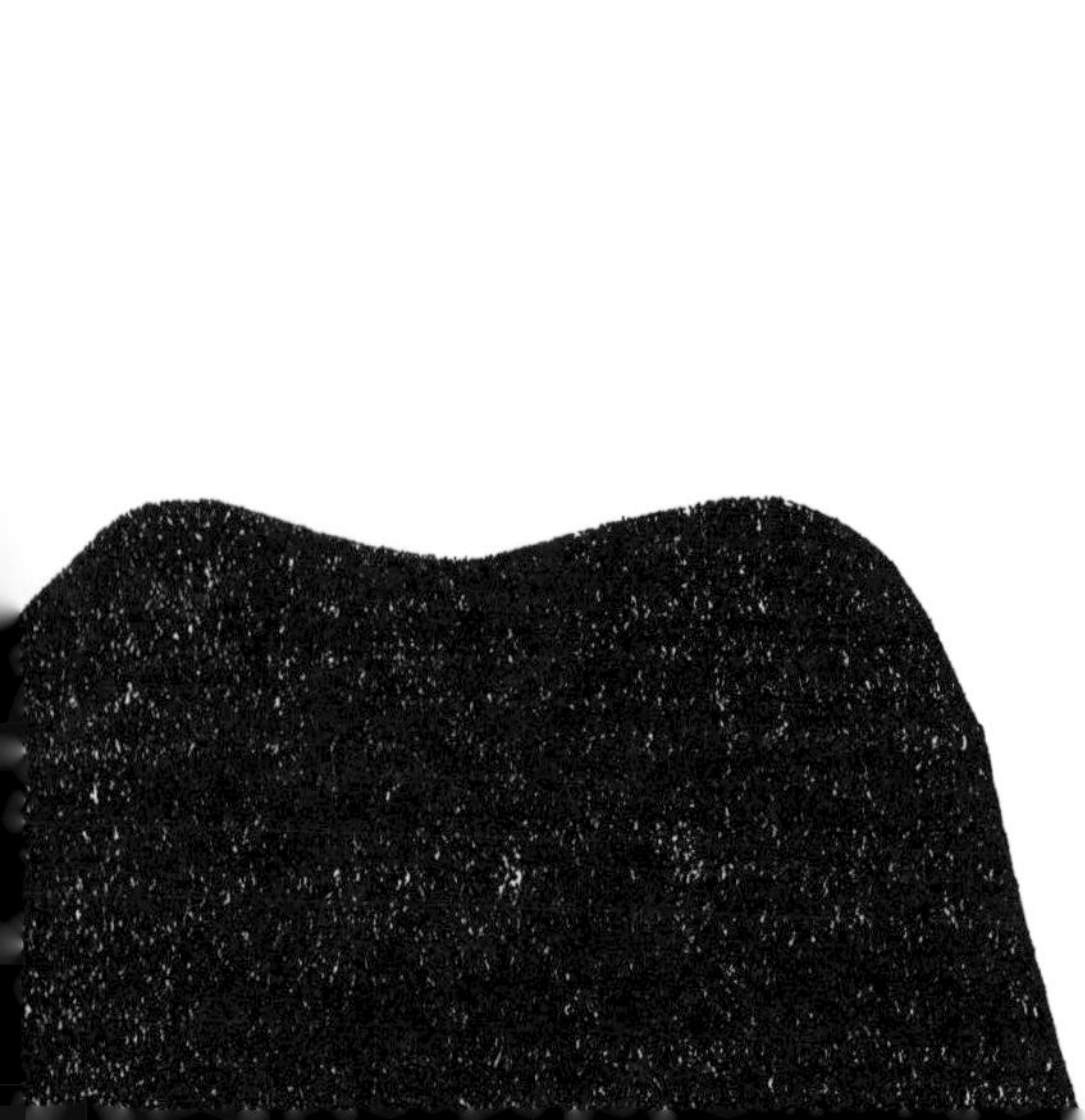

青い山なみ　三句

叱られても　叱られても　青い山なみの五月
御名を呼べば　ただ深く　青い山なみ
衆生本来　佛なり　青い山なみ

ほうせん花と縄文杉

ほうせん花
私の原郷はインドネシア　赤道直下の太陽燃える地方だときいています
縄文杉
私の原郷は日本らしいが　私そのものは日本という国の名前がまだない頃から
現在のこの地に呼吸をしています
ほうせん花
私は花です

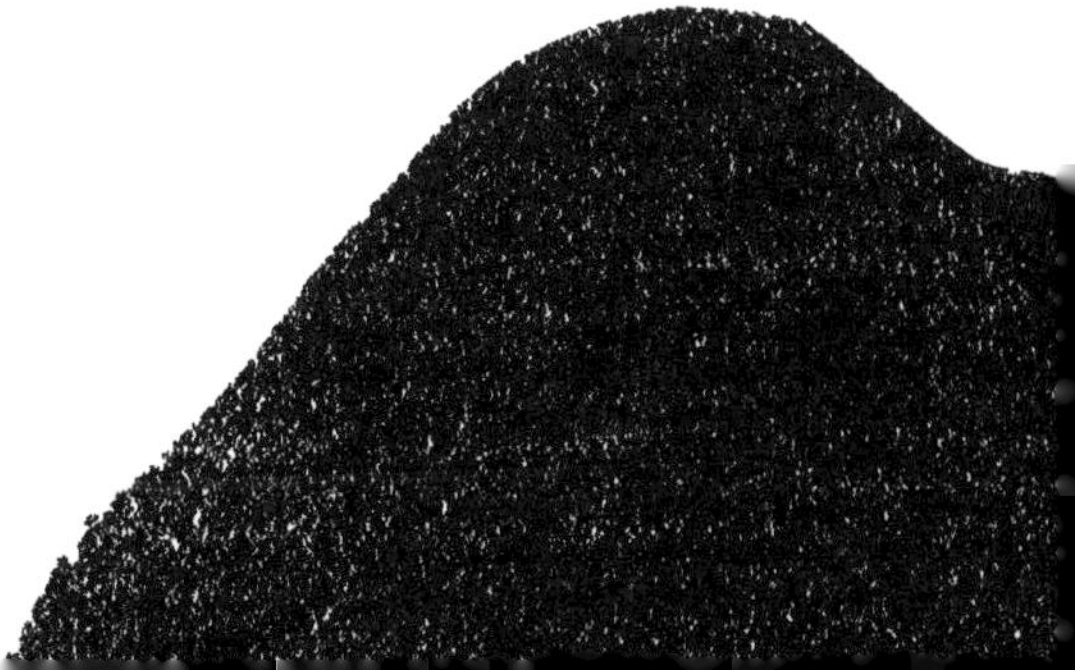

縄文杉
　私は杉です
ほうせん花
私の愛称はツマベニ　またはベニバナ　奄美や沖縄の方ではチンザクヌハナ
　と呼ばれます
縄文杉
私の愛称は縄文杉　学名はクリプトメディア　本当の名はただの杉です
ほうせん花
私のいのちは　ひと夏の限りです
縄文杉
私のいのちは　自分でも判らないほど永いのです　これまで七千年ほど生きてきた
ようなのだけど　これからもどれほど生きてゆくのか判りません
ほうせん花
私はサンセイさんの家の庭に咲いています
縄文杉
　私はその人を知りません
ほうせん花
あら　それはひどい　その人は毎日あなたのことを想って　あなたに想いと

水を捧げています
縄文杉
私もそのことは感じていますが　その人のことは知らないのです
ほうせん花
私はひと夏赤い花を咲かせて　それから実になります　それは私自身は
滅びることなのですが　とても静かな喜びです
縄文杉
私もここにこうして枝をひろげていることに　とても静かな喜びを感じています
ほうせん花
私はおんなのひとです
縄文杉
私は山のおやじです
ほうせん花
私はとても深い悲しみです
縄文杉
私もおなじです
ほうせん花
私はとても深い喜びです

縄文杉
　私もおなじです
ほうせん花
　私は滅びては甦ります
縄文杉
　私はいまだ滅びを知らず　甦りを知らないけども　やがて滅び　やがて
　甦ると思います
ほうせん花
　私はあなたを　愛します
縄文杉
　私もあなたを　愛します
ほうせん花
　私たちのつながりを　歌ってください
縄文杉
　私たちのつながりを　歌いましょう
ほうせん花
　ひと夏の――
縄文杉

ひと夏の　いのち
ほうせん花
ひと夏の——
縄文杉
ひと夏の　実り
ほうせん花
風にのせて　あなたに送らむ
縄文杉
風にのせて　あなたに送らむ

ほうせん花（涙ぐんで）
楽しかった
縄文杉（涙ぐんで）
楽しかった

出来事

太郎が　可愛がっている白猫のヒューマの額に
ハンコウの朱肉で　朱い印をつけた
するとヒューマは　いつのまにかインドの聖者になっていた
それを見た妻が
ピューマは清らかなお方になって　見てごらんなさい　じっと瞑想している
と　言った
それを聞いて僕は　なんてひどい冗談をと思ったが
ヒューマをよく見ると
たしかにヒューマは　額に朱いティラカをつけた
あの　すべての人々と動物達が聖なるものに向かって群がり生きている
インドの心をかもし出していた
ヒューマ　お前はいつのまにか清らかな方になってしまったかと
たまたま太郎が仕出かしたいたずらに
僕は少しやきもちさえ感じた

三つの金色に光っているもの

朝　黒坊《くろぼう》の山からお日様が昇ってくる
あのお日様は　金色に光っているね
夕方　吉田の海にお日様が沈んでゆく
あのお日様は　金色に光っているね
朝のお日様は　胸がすっとするような金色
夕方のお日様は　胸が悲しくなるような金色
お日様の金色が　ひとつの金色

折り紙の金色があるよね
金色の折り紙を使うときには　ほかの色の折り紙とちょっとちがった気持になる
これは金色の折り紙だから　大切に使おうという気持になるね
七夕のときだって　金の折り紙は大切にして
本当の願いごとを書きたくなってくる
折り紙の金色が　ふたつめの金色

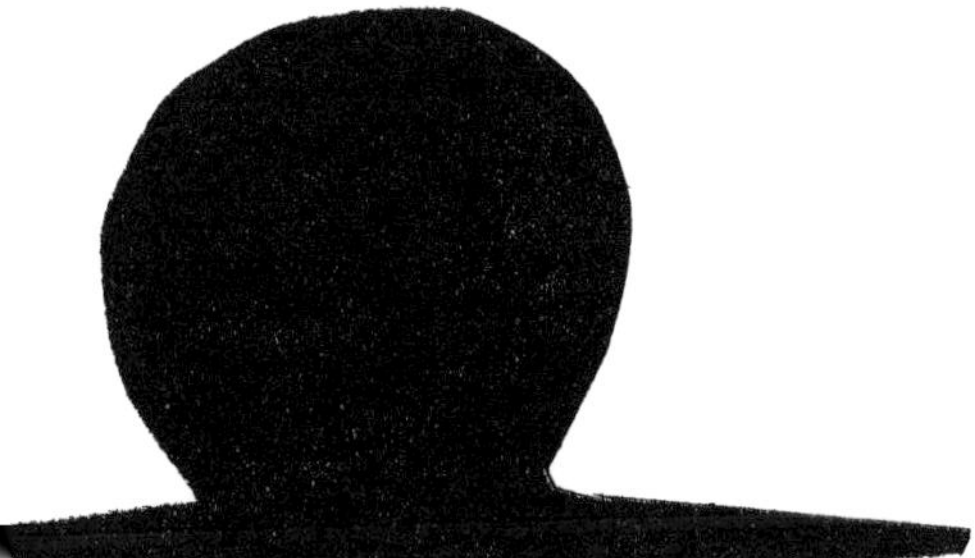

朝　黒坊《くろぼう》の山からお日様が昇ってくると
海は金色に輝きます
夕方　吉田の海にお日様が沈んでゆくとき
海は金色に輝きます
七夕の竹の中で　きらきらと金色の願いごとが輝きます
でも　もうひとつ金色に光っているものはないかな
一湊《いっそう》の願船寺
阿弥陀如来が　金色に光っておられます

願船寺

願船寺の願《がん》というのは　ねがう
という意味です
願船寺の船《せん》というのは　ふね　という意味です
だから願船寺は　船を願うお寺です
船がたくさん魚をとって　無事に一湊《いっそう》の港へ帰ってくることを願うお寺です

でもそれだけではありません
願船寺はお寺だけど
お寺の姿をしたいっそうの船なんです
この船に乗るひとは
子供も大人もおじいさんもおばあさんも　みんな光の郷《くに》へ行きます
ひかりの郷《くに》では
おじいさんもおばあさんも　大人も子供も　みんな幸せです
みんな幸せな郷《くに》だから　光の郷《くに》というのです
でもそれだけではありません
一湊《いっそう》は漁業の里です
お父さんやおじいさんが沖に出て　魚をとって暮らしている里です
願船寺の願《がん》というのは　ねがう　という意味です
願船寺の船《せん》というのは　ふね　という意味です
お父さんやおじいさんが夕方から漁に出て
一晩中沖で仕事をして
朝になって無事に帰ってきて
眼をさましたばかりの子供たちに
よお　今日なごっとい大漁やったろ　黒坊ん山ん上にゃ　きれいか太陽の

のぼっちょうろ
と　声をかけるお寺です

十七夜の雨の夜

――ラマナ・マハリシに――

十七夜の雨の夜の中を
ひとりの人が走るようにして　ある所へ帰ってゆくのが見える
その人は
暗闇の中に心の明りをともして
疲れた体を励ましながら
真の光のもとへ
ある山の中へと帰ってゆくのだ
おお　その人が無事にその場所に帰りつけますように
長い年月の旅が　無駄に終りませんように
その人が無事にその場所に帰りつき
そこに小さな火をかかげますように

十七夜の雨の中を
ひとりの人が走るようにして　ある所へ帰ってゆくのが見える
その道は暗く
道があるのかさえも定かではない
帰らなければならない
帰らなければならない
十七夜の雨の中を
ひとりの人が走るようにして　山の中へ帰ってゆくのが見える

茶の花

閑《しず》かにお茶の花が咲いている
やわらかに澄んだ秋の陽ざしの中で
その姿は形而上学であり
道を示す

青く澄んだ山の陽ざしの中で
閑《しず》かにお茶の花が咲いている
その姿は信仰であり
道を示す
ああ　わたくしのラーマクリシュナ
わたくしの　うつむき加減の　ラーマクリシュナ
閑《しず》かにお茶の花が咲いている
やわらかに澄んだ秋の陽ざしの底で
その姿は真理であり
道を示す

地霊

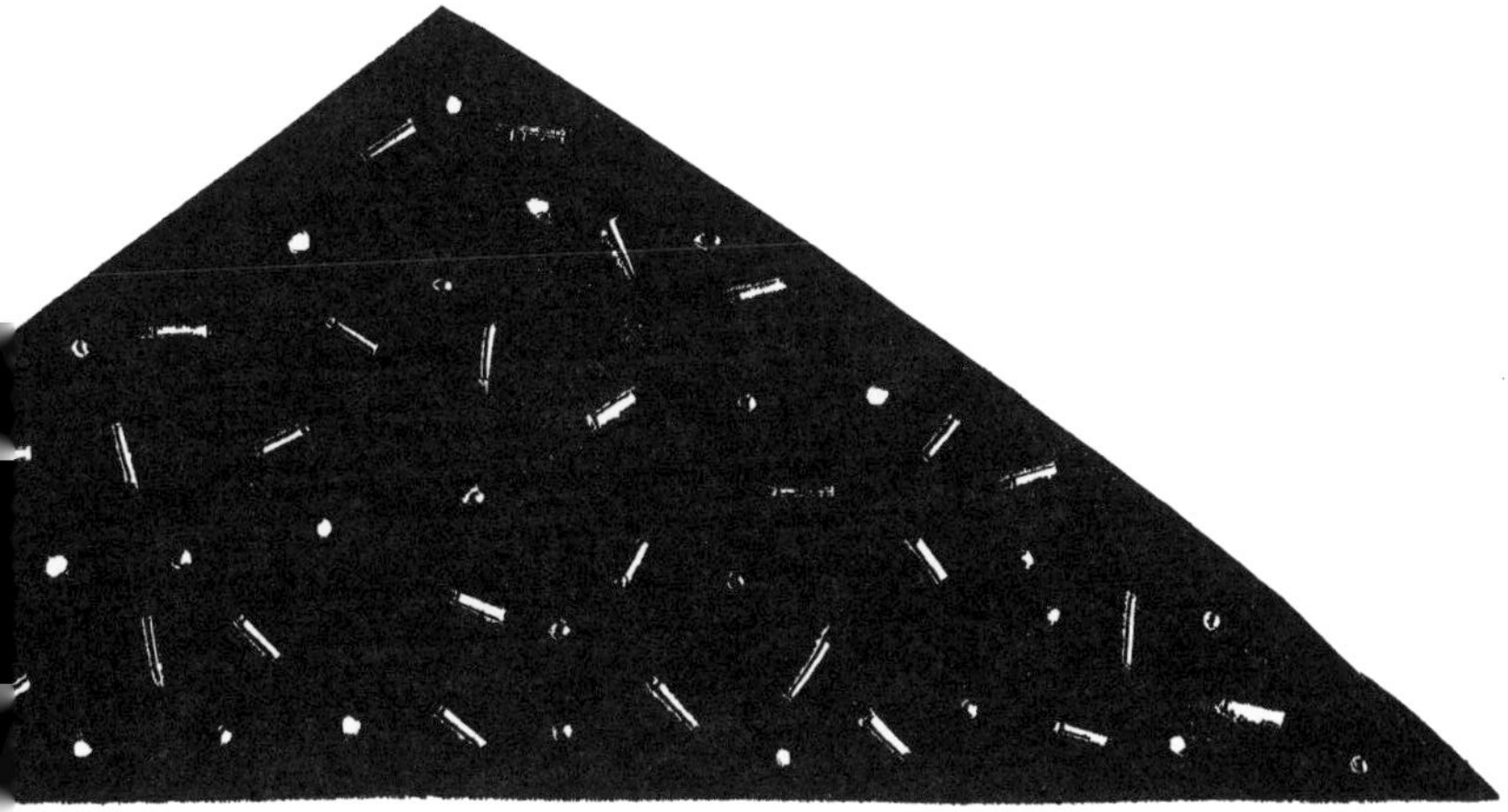

鎌

いつのまにか鎌は　私のもうひとつの手になった
鎌を持ち野良に立つと
私の内に静かな喜びが流れる
それは多分　初めて道具を使うことを知った　原初の人間の誇りにも通じる
手応えの確かな　奥の深い喜びである
私の鎌は
部厚い背をもったがっしりしたナタ鎌である
この鎌で草も刈れば木の枝も伐り払う
鎌で払えば　道は自然にそこにできている
そこは藪でありながら　もう人間の歩むことのできる道である
しかも鎌は　あの厄介なガソリンのように　見る見る内に減ってゆくということがない
砥石で丹念に研げば
朝の光のようなさわやかな切れ味となり　常に真新しい
鎌を持って野に立つ時
二《に》河《が》白道《びゃくどう》の真中を渡ってゆく人のような　確かな歩みが私の中にある

鎌を持って野良に立つと
私の内に　人間の　静かな喜びが流れる

草を荷《にな》って

山羊の草を荷って山を下ってくると
背後で車の音がした
無意識に道をよけてぽつぽつ歩いていると
横を通りすぎながら　その車がクラクションを鳴らした
浜崎林班の車だった
浜崎林班の浜崎嵐《あらし》さんが　ニコニコ笑って手をあげた
おつかれさん
私も大声で挨拶をした
一日の仕事を終えた林班の車が下ってゆくと
あたりはふたたび無人の秋の夕方だった
浜崎嵐《あらし》——

私は心の内で何気なく　しかし深くつぶやいていた
山の人の山の笑顔であった

味噌搗き

——キコリとサチコさんへ——

石うすで味噌の大豆を搗いていると
森の木立から月がのぼってきた
十四夜の明るい月の光が木立から洩れて
石うすの中の大豆をほのかに照らした
それそれ
おいしい味噌になりますよう
それそれ
彼女が元気な赤ちゃんを産みますよう
それそれ
月の光も味噌にしみこみますよう
石うすで味噌の大豆を搗いていると

森の木立から大きな月がのぼってきた

秋の一日

目の前に　二年間のインドの旅を終えて帰ってきた友人の姿があった
その人は　まぶしいほどに明るい透明な光を負って
そこに座っていた
私達の日常生活は
いつもはそんなにも明るい透明な陽の光の中にあるわけではない
けれども　お茶を飲み話を交わしている内に
まぶしいほどに明るいその透明な陽の光が　やがて私をつつみこみ
私もまた旅の人となった
その人と共に山羊の草を刈りに山にゆき
澄んだ青空と白い雲の流れの下で　充分に草を刈った
山にはいっそう静かな
まぶしいほどに明るい　透明な陽の光があふれていた

私と友人は　時が与えてくれた二つの果実であった
人間という名の　この秋の実りであった

青緑色の秋空の下で

青緑色の秋空の下で
間伐材の杉丸太の皮をはいだ
一時間二時間　黙々とその作業をした
ようやく疲れてくると　近くの大きな花崗岩の上に仰向けに寝て
空を眺めた
静まりかえった高空《たかぞら》に　一点の鳶《とび》が舞っているのが見られた
ああ――　と思った
これでなにもかもよいのだ　と思った
しばらく眺め
やがて体を起こして　ふたたび杉丸太の皮はぎの作業にかかった

一湊《いっそう》松山遺跡にて　三句

縄文土器の　かけら手にして　秋快晴
縄文土器を　両掌に静かに　載せにけり
縄文土器の　時に在りけり　秋快晴

地霊《ぢれい》

地霊というものがある
地霊の呼吸の内に林があり　森林があり沢が流れ　谷川が流れる
畑が開かれ田が開かれる
地霊の深く静かな呼吸の内に　サルノコシカケが大きくなり
フウトウカズラの赤い実が実る
椎の木が繁り椎の実が実る
村落や社会を形成し　ひととき働き歌ってゆく人もまた

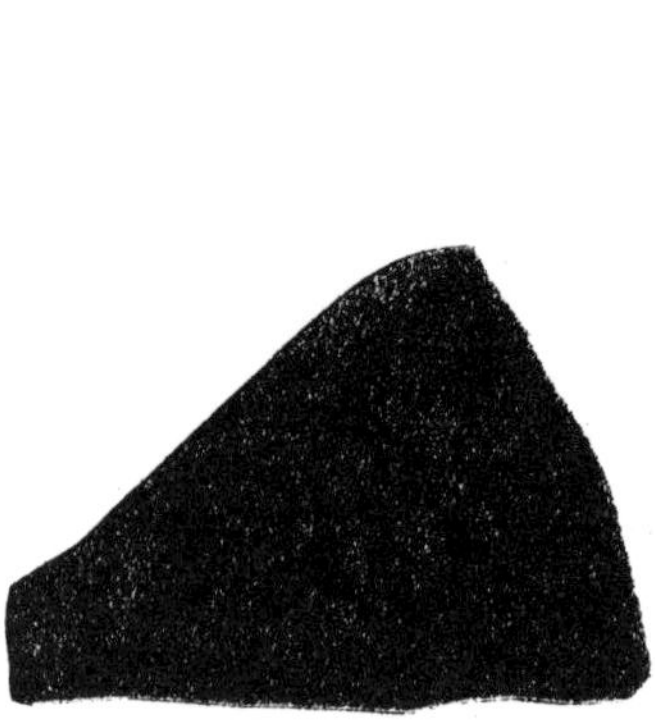

フウトウカズラの赤い実と同じく
地霊の深く静かな息の内にある

地霊というものがある

新月

野は暮れ　山の端《は》だけがかすかに明るかった
透きとおった新月が　円い輪を浮かばせてその山の端《は》にかかっていた
夕べのラーマクリシュナ
わたくしのラーマクリシュナ

ある日ラーマクリシュナは
一輪の草の花をつんで　喜びに輝きつつ弟子達のそばにいらっしゃり
あの頃に私がいつも見たクリシュナ神の顔は　このようだったのだよ
とおっしゃった

野は暮れて　山の端《は》だけがかすかに明るかった
透きとおった新月が　くっきりとその山の端《は》にかかっていた
夕べのラーマクリシュナ
　わたくしのこの生涯のラーマクリシュナ

フウトウカズラ

山の道でフウトウカズラの朱い実を見つけた
フウトウカズラは胡椒科の植物で　ちょうど胡椒の実と同じほどの実をつける
ひと房ひと房ていねいにちぎり　彼女に手渡すと
彼女はそれを前掛けのポケットにしまった
その実を乾燥させると　胡椒になるかも知れなかった
多分胡椒にはならないだろうと思われた
それでも　ひと房ひと房その朱い実をちぎり　いく房も彼女に手渡した
彼女はすべてを前掛けのポケットにしまった
淋しい初冬の山道で　そんなことをしながら

一《いち》を抱く者　という老子の言葉を想っていた

私達の秘密

ティルヴァンナマライの赤い山に住む　しみじみとした沈黙の師
ラマナ・マハリシに合掌します

土曜日の夜は　五人の子供を学校に送り出す妻には
週に一度ゆっくりと夜更かしのできる夜である
僕は　諏訪之瀬島に住む愛する人に手紙を書こうと思っていたのだけど
彼女が　今晩はワタシに手紙を書いて　と言うので
そうすることになった
彼女はチーズを食べたいと言うのだが　僕たちの家にはチーズがない
それでマーガリンをひとかけらフライパンにのばして
玉子をふたつ割って　目玉焼をこしらえた
その上に　たまたま広島から送られてきたサラミソーセージを五片のせて

どうぞ
これが僕の手紙です――
ふたりで熱いお湯割り焼酎を飲むのである
午前零時半になったけれども　次に湯豆腐を食べることにした
大きく切った　島で一番おいしい木綿豆腐を手鍋に沸騰させて
山から採ってきた橙《だいだい》の汁にうすくち醤油をたらし　橙《だいだい》の皮を少し刻んで
どうぞ
これが僕の手紙です――
冷え込みの強い十二月の夜更けに
ふたりで熱い湯豆腐を食べ　熱いお湯割り焼酎を飲むのである
寝静まった五人の子供たちには　このことは秘密
だが　私たちのもうすぐやってくる　お腹の中の赤ちゃんには秘密がない
ティルヴァンナマライの赤い山に住む　しみじみとした沈黙の師
ラマナ・マハリシに合掌します

師走十四夜

月の女神　白いターラー　あなたに合掌します
今夜は師走の十四夜
空はくっきりと晴れあがり　ところどころに白雲が浮き
あなたはちょうど天心に　青く冷たく輝いています

お腹の中にそれぞれ仔を宿した二頭の山羊が　小屋の中で眠っています
百羽を越すニワトリ達も　今は静かに眠っています
豚小屋では　もうすぐ売られる黒と白の二頭の豚が眠っています
静かに川も流れています

石の上に腰をおろし
あなたを見上げて私は祈ります
私達の白川山《しらこやま》の里に　しみじみとした喜びがしみわたりますよう
私達の島に　しみじみとした喜びがしみわたりますよう
私達の惑星に　しみじみとした喜びがしみわたりますよう

世界にいつもあなたがありますよう
月の女神　白いターラー　あなたに合掌します

サルノコシカケ

サルノコシカケは　山の腐り木などに自生する　固い木質のキノコである
いつしか　そのサルノコシカケが好きになった
机の上に伏せた広辞苑の上にひとつ
やはり横に伏せた　昭和三年版の英和大辞典の上にひとつ載せて
あかず毎日眺めている
辞書というものは　時々ページを開くものであるから
そんな時にはサルノコシカケが載せてあると　少々不便である
まずサルノコシカケを別の場所に移し
広辞苑なら広辞苑　英和大辞典なら英和大辞典のページをくらねばならない
ページを引き終えたら元に戻し　ふたたびサルノコシカケをそこに置かねばならない
けれども　サルノコシカケには

辞典の知識以上に大切な　何かがある
辞典には　知識を限りなく広げてくれ　限りなく心を広げてくれるものがあるが
サルノコシカケには
その心を静め　深く沈黙させるものがある
サルノコシカケは　ひとつのものいわぬ知慧である

二冊の辞典の上に載せられた
二つのサルノコシカケを　あかず毎晩眺めている

お正月

めでたさはどこにあるのか
それは　私達の心の内にある
おめでとうございます　と私がいえば
おめでとうございます　とあなたがこたえる
深くおたがいに頭をさげる

おたがいの胸の内に　めでたさ　という静かな光がある
お正月は
その光を祝う　私達の民族の（国ではない）神事である
それは　つつしむことである
おめでとうございます　とあなたがいえば
おめでとうございます　と私がこたえる
おたがいにつつしんで　頭をさげる

道の火

お七夜の良夜《りょうや》
生まれきた子の名前を道人《みちと》　と墨書し　祭壇の上に飾った
拓雄さんが　軽トラック一杯の菜の花とお祝い金を包んで訪ねてくれた
純が　この寒空に海に潜ってイセエビを突いて持ってきてくれた
マーブルは　トラックで産婆さんを迎えに行ってくれ　ハイライト一箱をくれた

ユリさんはケーキを焼いてくれ　また今夜はイチゴ一箱を母親の乳にくれた
神宮君は　酔いにまぎれて小さな声で　おめでとう　と言ってから
このひとことを言いたかった　と冗談も言った
安《ヤツ》さんは　焼酎二本をきびってくれた
島藤さんも焼酎二本きびってくれた
フミヒロさんは　牛肉と豚肉を一キロずつプレゼントしてくれた
君子さんは　玄米モチと　豆とヒジキ入りの玄米モチと　ゴマ入りの玄米モチと
草モチを　わざわざ搗いてもってきてくれた
石田さんは　カップラーメン六個と卵を二十個差し入れてくれた
ショーコさんは　手造りの小さな座ぶとんを持ってきてくれた
ピーちゃんは　諏訪之瀬島から心をこめた電話をくれ
ラーダは　早速に手紙をくれた
島の習慣の養い親になっていただいた兵頭さん夫妻からは
婆ちゃんの手造りの立派な綿入れのおくるみをいただいた
どの人も
血のつながりはなく　この道の途上で出会った人達である

道

すべての人が　ひとしくその道の上にある
その深さ　その尊さに　わたくしは頭《こうべ》をたれる
頭をたれたその胸に　ひとつの火が燃える
その火を　道の火と名づける
その火は　常の火ではない
道そのものに宿り　道を明かす
道の火である

お七夜の良夜《りょうや》
生まれきた子の名前を　道人《みちと》　と墨書し　祭壇の上に飾った

抱く

生まれたばかりの道人を　両腕に抱いて正座する
道人という　人間の名前をつけられてはいるけれども
腕の内にあるものは

深く静けく　深くやさしい　ひとつの振動である
神の現前である
人の名で呼ぶには　いかにも惜しい
人の声で呼ぶには　いかにも惜しい

生まれたばかりの赤ちゃんを　両腕に抱いて正座する

湯浴み

毎晩　ミチトと呼ばれる赤ちゃんを　湯に入れる
そのあかはだかの体は　小鳥のように軽い
耳を押えて湯につけると　まだ母親の胎内にいたころに帰るのだろうか
ふわふわと湯のなかほごに浮いて　うっとりと眠っている
湯を湿したガーゼで　両眼を静かにぬぐう
御眼のしずく　ぬぐはばや
それから　もうこの世の皮膚に代謝し始めている古い顔の皮膚を

静かにぬぐいとってあげる
それから頭を洗う
やわらかな暖かい髪の毛を　石けんをつけてやさしくなぜてあげる
神秘の大泉門をそっとなぜる

それから　両方の腕と手と指を洗い　胸とお腹を洗い　背中を洗う
ちんちんを洗いおしりを洗う
うっとりと眼を閉じて　赤ちゃんは眠ったままである
静かな光が　その体全体から放射されつづけている
いかなる輪廻の旅路の果てに　この不思議ないのちは
この柔らかな軽さ　この静かな光となって　ここにとどけられたのであろうか
少し熱めのあがり湯を
すっぽりくるんだタオルの上から　ゆっくりとていねいにかけてあげる
すると　ちょっと体をひきしめるが　すぐになれて
またうっとりと眼を閉じたまま　蓮の花がほころぶようにかすかに微笑む
バスタオルにくるんでやさしく拭きあげ
肌衣　麻の葉もようの産衣　綿入れのおくるみで包み
さあこれでおしまい

さあこれで　この世のミチトクンになりました

十二日目

湯浴みを終えて　おくるみにくるまれた道人を抱き
白湯《さゆ》を飲ませる
おとといの晩　きのうの晩と変わりなく
小鳥のように軽い静かな赤ちゃんを両腕に抱いて
母ならぬ身は　白湯《さゆ》を飲ませる
そうしながら
おやっと思う
今晩は　この子はもう神様ではない
神様のように軽く静かで初々しく　限りなくやさしいけれども
もうこの子は神様ではない
この子の中で何かが動きはじめ　人間の赤ちゃんが始まったことが感じられる
開いたばかりの蓮の花のような　深い静けさがなくなって

日だまりに咲く　可憐なすみれのような　人里めいた匂いがしてきた
さあ道人　それでは
ここにいるのはお父さん　ここにいるのはお母さん
窓の外で静かに流れているのは白川山《しらこやま》の沢の音《おと》
梢を吹きわたってゆくのは　あれは島の北西風

それで今晩　僕ははじめて道人のために　島の子守歌を歌いました

卒業祝い　――次郎に――

小学校の六年間が　終った
この六年間に　お前は何を学んできたか
読むこと　書くこと　算数もずいぶんできるようになったか
泳ぐこと　走ること　跳ぶことにも上達したか
友達もできたか
父はある日

お前の瞳《め》の中に　勁《つよ》い真面目な光を見た
それこそは　人間の瞳《め》
父が自らに願った　少年の深い瞳《め》であった
真面目な瞳《め》よ　ありがとう
卒業　おめでとう

夕方

とうもろこしの種をまく
竹の棒で畑に穴をあけ　その中に二粒ほど入れて
土をかぶせる
暖かい夕方である
ヤッさんがやってきて　立話をする
ヤッさんは炭がまを作り　火を入れてもう五日目になる
火を入れてからのこの五日間　ずっと幸福だったと　ヤッさんはいう
ああ　ああ　と

僕はことばにならぬ喜びの相槌をうつ
そうしながらも竹の棒で穴を掘り
とうもろこしの種を　その中に押しこんでいる
種をまかなきゃ実はならぬ
種をまいても実にまでならぬ
カラスもいればキジもいる
ヤッさんが僕をからかう
黒炭　白炭　灰の炭
火が廻ったとて　安心するな
あけてびっくり　灰神楽
僕もヤッさんをからかう

懐かしい夕方である
竹の棒で穴を掘り　とうもろこしの種をまいていると
ヤッさんがやってきて　煙りの匂いがした

春の夜

ラジオは　種子島屋久島地方は今晩　大雨洪水雷雨注意といっている
ここらには　いつだって大雨洪水雷雨注意報が出ている
闇夜である
暖かい春の闇夜である
ひとしずくの雨も降らぬが　空気はしみじみと湿り
暖かい土の息吹きが　裸足になった足裏から立ちのぼってくる
夢の中にあるように静かなので
僕は夢を見ている
白い小さなコデマリの花が　胸の中で咲いている
小さく円く咲きそろった枝もあれば
これから咲こうとして　かすかに震えている枝もある
こんな夜には　祈りのことばを失う
祈りより深く　小さく白いコデマリの花が見えてしまうのだから

二十世紀は関係ない　二十一世紀も関係ない

僕がとらえられた永遠は　静かな悲《ひ》の振動
胸の中で　コデマリの花が咲いている
暖かくしみじみと湿った空気の中で　白いコデマリの花が咲いている

天気予報は　種子島屋久島地方は　大雨洪水雷雨注意といっている
ここらにはいつだって大雨洪水雷雨注意報がでている

じゃがいも畑で

じゃがいもの花が咲きはじめた
白い可愛らしい花である
遅れてしまったが　ようやく土寄せをする気になって
うねの両側からざっくざっくと土を盛りたてる

範疇《カテゴリー》という哲学上の概念がある
哲学生の頃　その概念を理解するのに二年かかった

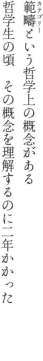

範疇という概念を理解して　私の幸福は一歩も進まなかった

夕方のうす青い空の下で
じゃがいも畑の土寄せをしていると
土寄せ　ということを理解するのに　また二年も三年もかかっていることを思う
土寄せをしながら　しかしながら
私の幸福は今　全身を静かに流れている

ゲンコツ花

ゲンコツ花が咲きはじめた
濃いオレンジ色の　インドの僧《スワミ》の衣のような
けれども野に咲く花である
葉が刀身のようにすらりとしているので　カッタバナとも呼ぶ
洋名はモントブレッチャ
和名はヒメヒオウギスイセン

ゲンコツ花が咲きはじめた
ゲンコツ花がいちめんに咲きはじめると
多くのことが狂っていて
もうこのまま狂い切ってゆくのではないかと感じられる世の中にあって
ああ　と思う
ああ　やっぱり自然は巡っており　世界は生きているのだと思う
ゲンコツ花が咲くと　ここは懐かしい私の場であると思う

うちわ

生まれて五ケ月のミチト坊やが　熱を出した
熱といっしょに全身に発疹が出た
僕は坊やをうちわであおいでやった
涼しい風　涼しい風

坊やに入って熱をとってください　発疹を静めて下さい

すると次の日に
ミチトの熱は下がり　発疹もうそのように引いていった
ミチトはニッコリ笑っていた

僕がミチトをあおいでやったうちわには
うす紫のアヤメの花が描いてあり
裏には　一湊辻商店　と印刷されてある

ラマナ・マハリシ

うさぎ　うさぎ　なにみてはねる
十五夜お月さん　みてはねる
その歌をミチト坊やを抱いて歌った

ミチト坊やは　手足をばたつかせたり
顔をごしごし肩にすりつけたりしてあばれていたが
それこそは　やがてコトンと眠りに入る前触れだった

うさぎ　うさぎ　なにみてはねる
十五夜お月さん　みてはねる

その美しい単調なメロディーを
藤井日達上人の写真のもとで歌い
ラーマクリシュナの写真のもとで歌い
ラマナ・マハリシの写真のもとで歌った
すると
坊やを抱いたまま　私はいつしか満月に照らされたうさぎになって
ますます美しいその歌を歌った

何度目かに　ラマナ・マハリシのもとまできたとき
不意に私の声がつまり　嗚咽《おえつ》に変わった
ラマナ・マハリシは

完全な　存在《サット》ー意識《テット》ー至福《アーナンダ》　に至るために
私は誰か　と最も深く問いつづけることを示してくれた師であった
ミチト坊やを抱いたまま　私は声もなく嗚咽《おえつ》にふるえた

うさぎ　うさぎ　なにみてはねる
十五夜お月さん　みてはねる

月夜

雲ひとつない天心に　十六夜の月があった
港には　何艘もの漁船が舫《もや》われたまま　月の光を浴びていた
波音ひとつしない　静かな一月の夜であった
兵頭さんと二人で
しばらく　その港のたたずまいを黙って眺めた
原郷　という言葉が　僕の胸の内にはあった
僕は　兵頭さんと抱き合って泣きたい気持であった

お茶を飲んでゆきませんか
と　兵頭さんが言った
今晩ほど一杯の熱いお茶を　兵頭さんと共に兵頭さんのお宅で飲みたい晩はなかった
けれども僕は
いえ　今晩はこのまま帰ります　と言い
ひとりとしての　僕の月の道へと歩いて行った
僕が振りかえった時　ちょうど兵頭さんも振りかえったところであった

屋久島の原生林を　これ以上一本も伐らせるな
という　深夜に至るまでの話し合いを終えて　帰ってきた夜であった

ある夜に

私の形而上学は
静かさと深さ　にある
私の喜びは

静かさと深さ　にある
私の光は
静かさと深さ　にある
静かに深く　ただそこにあれ

見たもの

海辺で　大きなアカウミガメの屍体を見た
長さ一メートルばかりの大きなアカウミガメが
甲羅もなかばはがれ
四つの手足をだらりとのばし　首を砂の中に突っこんだ姿で
腐りはじめていた
春の海から
この砂浜へ送られてきたものを見て
私は　私の一部がそこに死んでいるのを
確かに知った

拾ったもの

山で　鹿の角を拾った
まだ新しく　欠けたところもない立派な角であった
その角をかざして山野を駆けめぐっていた雄鹿の姿が
眼に浮かんだ
今　その角は役割を果たし
地に落ちて私の手に握られた
木洩れ陽がちらちらと差しこむ森の中で
私の屍体もそのように地に落ち
大いなるものの手にわたされんことを　祈った

じゃがいも畑で

じゃがいも畑の畝にかがんで　草を取っていると

土が無言であることがよく判った
土は無言で　じゃがいもを育て　雑草を育て
私に語りかけていた
私も無言でその語りかけに答えていると
静かな幸福が私達の間に流れた

僕は　この人生で自分が幸福であれるとは思っていなかった
今でもそう思っている
幸福は僕のものではなく　神々のものであった
けれども
じゃがいも畑の畝にかがんで　草を取っていると
土が無言の幸福であることが　よく判った
土は無言で　じゃがいもを育て　雑草を育て
私を育てていた
そこには　私という不思議な幸福があった

秋のはじめ　その一

夏のすべての訪問者が去って
わたくしが　本当のわたくしである山の孤独に帰ろうとしていた　夜中すぎ
孤独の厳粛な扉の奥に　ふたたび光を見出しつつあった夜中すぎに
引戸をがらりと開ける者があった
漁から戻ったシチューが　まだ生きている一匹の鯖《さば》と　胴体だけの小さなフカを
投げこんで帰ってゆくのであった
ありがとう！　と背中に言って
わたくしは　まだ生きてビクビクしている鯖《さば》とフカを掴んだ
その鯖《さば》の首は折られてあり
首折れの鯖《さば》と呼ばれて
この島で最も食べ甲斐のある魚として　尊ばれているものであった
十三号の台風一過
まだ青い椎の実が　おびただしく川岸に落ちて
永遠の悲《ひ》
光の青さ　原郷の山の静かさに　わたくしが帰ろうとしていたその時に

海から
まだ生きてぴくぴくしている首折れの鯖《さば》が投げられてきたのは
いかなる啓示なのであろうか
ぶち切られた胴体だけのフカが投げられてきたのは
いかなる真理なのであろうか

今は秋のはじめ
万物がやがて静寂にむかい　孤独と実りの光に帰ってゆく　秋のはじめである
かぎりなく夏の海を愛したわたくしは
今その報いを受けて　一本の古いローソクに灯をともし
私は誰か　という　深く新しい旅にむかおうとしている
わたくしが感じ　知ることのできた海恋山恋の旅は　すでに終った
今は秋のはじめ
鯖《さば》　フカ　椎　椎茸　サルナシ
小鹿　という名の焼酎　柳しぼりダカラという名の宝貝
熟しつつある野ぶどう　熟しつつあるウンベの実
死の色である紫色
如来の法を相続する人となり　物を相続する人となるな

夏のすべての訪問者が去り
わたくしが　本当のわたくしである孤独に帰ろうとしていたときに
これまで照り渡っていた十九夜の月が隠されて
にわかに雨が降ってきた
雨がさんさんと降ってきたが　月のある空はなおも明るく
わたくしの白川は　じつに静かに流れていた
一匹のウマオイムシが　その時
唯一真実の友達のように　どこからともなく飛んできて　わたくしの手にとまった
よくきてくれた　ウマオイ
砂粒ほどの　ウマオイムシの黒い瞳を見つめていると
この世のすべては幻であり
またこの世のすべては　交流であることが感触された
幻のしんは孤独であり
交流のしんもまた　孤独であった
思わず正座して眺めれば
それは一本のローソクの炎であった
わたくしの師よ

わたくしの師よ
わたくし　よ
今は秋のはじめ
わたくしの属する日本民族が（国家ではない）やがて実りを迎えるとき
寂滅の季節のはじめである
首折れの鯖《さば》　野ぶどう　ほうき草　すすきの新穂の紅色
夏のすべての訪問者が去って
わたくしはふたたび
わたくしという呼び名の　原郷の道に帰ってゆくところであった

通し給え　蚊蝿《かばえ》の如き僧一人　一茶

ウマオイムシの夜

ウマオイムシを手のひらにのせて　じっと見ている
今夜のは瞳《め》がうす茶色で　ずいぶん小型である

青い背中にひとすじ　こげ茶色の線がある
その線がじつに美しい
長い二本のヒゲをやわらかくのばして
さてこれからどこへ跳ぶことになるかと　待っているようでもある
ウマオイムシ
静《しずか》　という名前の僕の友達
なぜ　なにをしに　夜になると僕のところにやってくるのか　わからない
食べものがほしいのかと　きゅうりのかけらを与えてみるが　食べようとはしない
鳴くわけでもない
部屋の中のどこかにひそんでいて
僕が彼のことを想うと　視野の中にふいと現われる
僕がまったくの静かさにふけっている時には　現われてこない
静かさがとぎれ　ふと交流がほしい気持になった時に
すぐさま彼が現われてくる
彼は　手にものるし　肩にも胸にもとまるし　指の先にもとまる
むろん机の上にもとまる
そしてそのまま　しばらくのあいだじっとしている

秋の夜長をいいことに
僕は今夜も　右胸のハートの位置にウマオイムシをとまらせて
ともにアルナチャーラ山なる　沈黙の師ラマナ・マハリシを想っている

秋のはじめ　その二

クィーオウ　クィーオウと　夜更けに鹿が啼いている
二声つづけて啼くのは　二本角の鹿で　一声ずつ啼くのは　一本角の鹿だと
島人がおしえてくれたが
今夜啼いているのは　それでは二本角の鹿であろうか

草が生えている
樹がみっしりと繁っている
森があり
山がある
土があって　雨が降るとそれを吸いこむ

ひんやりとした空気が流れていて
無数の虫達が啼いている
それが人間の生活じゃないだろうか

焼酎を飲んでいる
僕はけっして飲んだくれの方ではないが
肝属《きもつき》郡の方で作られた　にごりのある　小鹿という焼酎を飲んでいる
種子島で作られた　南泉　というのも飲んでいる
むろん屋久島の　三岳も　八重の露も　黒潮　も飲む
夜の仕事を終えて
その机にむかったままで　菩提樹の実の珠数を首にかけて
一人で焼酎を飲んでいる
クィーオウ　クィーオウと　鹿が啼く
曼珠沙華の花を見た
曼珠沙華の花を見るのが　いつしか淋しくはなくなった
科学を棄てて　いい空気を吸って
ひとりのウマオイムシのような男として
ひとりの愚かなものとして

ああもう　お彼岸も近いと思うのが
人間の生活じゃないだろうか

　通し給え　蚊蝿の如き僧一人　一茶

田舎がある
田舎の真理がある
田舎の苦しさがあり　田舎の苦しさの真理がある
島がある
島の真理がある
島の苦しさがあり　島の苦しさの真理がある
それが人間の生活じゃないだろうか

クィーオウ　クィーオウと　夜更けに鹿が啼いている
なんと淋しい
なんと美しい
その声を聞きながら　一人で焼酎を飲んでいる
焼酎を飲み　酔っていく

酔っていくと　本当に好きなものの姿が見えてくる
その姿は　曼珠沙華
ひとときこの世を飾り　やさしく土に還ってゆくもの
クィーオウ　クィーオウと　鹿が啼いている

土間

台所を拡張した
幅一間《いっけん》　長さ三間半ばかりの拡張だけど
家の中ががらんと広くなって　とても気持がよい
半分は部厚い板を敷きつめたが　半分は土間として残したので
家の中にささやかながら　土間ができた
長い間　僕は土間のある家に住みたいと願ってきたが
今ようやく　自分でそういう家に作りかえた
家族が寝静まった夜更けに
ひとりで台所に明りをつけて　あがりがまちに腰を下ろして

焼酎を飲みながら台所を眺める
土間というのは　なんていいものなのだろう
家の中に土があるというのは　なんと心が安らぐことだろう
二日前に
自分の心をつくづく調べてみて
自分が本当に求めているものは　やはり深い静かさであると了解した
深いということは　土があることであった
静かさというのは　水が流れていることであった
人間の生活には
まずはじめに空気が必要だ　それからきれいな水が必要だ
それから木が必要だ　それから土が必要だ　火が必要だ
そしてそれだけあれば　あとは何とかやって行けるものだ
これからの人間の生活は
ますます空気を汚し　水を汚し　木を伐りつくし
土をコンクリートに変え　火を核エネルギーに変える方向に進んで行くのだろうが
それは本当は人間の生活ではなくて
西欧文明という仮りの物の生活《エピソード》であったと
土間を眺めて焼酎を飲みながら　つくづくと感じた

真理は外にあるのではなく
家の中の土間にある　と　つくづくと感じた

かやつり草

観音様の祭壇に
いつしか一歳八ケ月になったミチトが摘んできた
かやつり草が活けてあった
かやつり草を眺めていると
もう四十年も昔に
年上の遊び仲間が　かやつり草でみごとにカヤを作ってみせてくれたことが
　思い出された
野の中の夢のような遊びごとであったが
僕には
かやつり草でカヤを作るということは
ブッダがすべての悩みある人の悩みを取り去ってみせたのと

同じような奇蹟であった
今どんなに思い出そうとしても
かやつり草でカヤを作ることは　思い出せない
奇蹟が行なわれていた日々を
観音様の祭壇に活けられた　かやつり草を眺めながら
眺めている

涙　その一

ココハ愚者ノアソブトコロ
賢者モキタリテ　アソブベシ
　　　　　　茗荷村村長
茗《ミョウ》荷《ガ》村の村長さんから　このように書かれた色紙を戴いて
私は涙がこぼれた
じつは私の生活観は
ここは賢者の遊ぶところ

愚者も来たりて遊ぶべし
というが如くであったので
そのさかさまの姿が　涙となってこぼれ落ちたのだろう
涙をこぼしただけでは　相済まない
今日からは
私の心の村の入口に
ココハ愚者ノアソブトコロ
賢者モキタリテ　アソブベシ
という
この深い色紙を　しっかりと貼りつけておこう

涙　その二

賢いものと愚かなものが　和して楽しむ世界
それはいいなあ
それがいいなあ

僕は涙もろいので
こんな話を本気でされると
もしかすると　おいおいと泣き出してしまうだろう
そして涙もろい人の常として
泣くだけ泣いたら　もうあとはけろっとして
やっぱり賢者の道を歩いていくだろう
それが愚者の道であることも忘れて

賢いものと愚かなものとが　和して楽しむ世界
それはいいなあ
それがいいなあ

りすとかしのみ

一歳九ケ月になったミチトは　絵本を見るのが大好きである
わたくしのひざにすっぽりとすわりこんで

一冊の絵本を読んでもらい終わると　自分で立って行って次の絵本を持ってくる
一晩に二冊も三冊も読んでもらいたがる
ミチトをひざに抱き　ミチトと絵本を見ることは
わたくしにとっても　ほんとうに平和なひとときである
今のところ　あなたはだあれ（松谷みよこ著）　とか　海は広いね・おじいちゃん（五味太郎著）
とかが　ミチトの大好きな絵本である
ところが昨夜
ひざから立って行ったミチトが　りすとかしのみ（坪田譲治著）という本を持ってきた
その本は絵も少なくミチトにはむつかしすぎる物語だった
それでもミチトが自分で選んできたのだから　読むことにしたのだった
わたくしは　その本の題名を
りすのかいかいかなしみ
と　一瞬読みまちがえて　その第一印象をぬぐい去れないままに
ミチトと一緒にその物語を読みすすんで行った
山のシダの葉の下に落ちたひとつぶのかしのみを　お腹を空かせた一匹のりすが見つけて
食べようとすると
りすさん　かんべんしてください　とかしのみがいいました
だめっ　ぼく　おなかがぺこぺこなんだ

それではりすさん　もりにはながさき　木にみがなるころまで　まってください
そのころ　わたしはおおきくなって　あなたに五十　六十　百からのみをあげます
そんなこと言っても　そのりすは木にみがなるころまで生きていないだろうに
と思いながら読んでゆくと
りすは　かしのみを食べなかった
お腹を空かせたりすのかなしみが　わたくしにはとても感じられた
あれからなんねんたったでしょうか　ひとつぶのかしのみは　おおきなかしの木になっていました
りすがなん十ぴきもえだにのぼり　みをたべていました
ミチトに絵を見せながら
ひとつぶのかしのみは　おおきなかしの木になっていました　と読みながら
わたくしはまたしても
ひとつぶのかなしみは　おおきなかしの木になっていました　と読んでしまった
ミチト坊やは　わたくしのひざの中で　こんな難しいお話と絵に退屈もせず
読み終ると　もう一度初めから見よう　とせがむのである
りすさんかんかんべんしてください
かんべんしてください
あれからなんねんたったでしょうか　ひとつぶのかなしみは　おおきなかしの木になりました
それからなんねんもたちました　とおいたにまに　またひとつぶのかなしみがころがっていました

ミチト坊やは　ようやく眠たくなっているのだった
ミチトは眠くなると　わたくしの腕をぎゅっとつねってしがみつき
それからだんだんその力がぬけて　いつしか眠ってしまうのだった
りすとかしのみ
だが
そのかなしみは　一体どこからやってきて　どこへと去って行くのだろうか
りすとは　誰であろうか
かしのみとは　誰であろうか

ナガグツ

ミチトクンが　はじめて自分でナガグツをはいた
いつもはかせてもらっている　黄色い小さなナガグツを
黙って見ていたら
まず片方の足をそろそろと入れ
もう片方の足をそろそろと入れて

なあんだ　こんなことだったのかという風に
気がついてみたら
（まるで悟りのように）
もう　美しい秋の山の陽差しの中に立っていた

私は誰か

黄金《こがね》色の秋の陽差しが　あたりいちめんに深々《しんしん》とあふれ
道ばたには　ゲンノショーコの濃いピンク色の花が咲いている
ここには　私のほかに誰もいないし
私もいはしない
ここには
深々《しんしん》と黄金《こがね》色の秋の陽差しが降りそそぎ
ゲンノショーコの小さな濃いピンク色の花が　咲いているばかりである

原郷の道

すべての道は　原郷への道である
なぜなら
すべての道は　私自身の自己へ至る道であるほかはなく
あなた自身の自己へ至る道であるほかは　ないからである
私達の道は　私達の原郷への道である
原郷への道は
原郷の道にほかならない

白菊

畑に行ったとき　小白菊の花をひとたば摘んできた
うす曇りの昼下がりだったが
白菊の　射るような清らかな白さが　胸に染《し》みた

そんなに清らかな存在であるためには
私はただちに死ぬいがいにはなかっただろう
妻にそれを手渡して
私は今度は山に行った
日が暮れて家に帰ってみると
台所の花びんいっぱいに　その花が無造作に活けてあった
白菊——
と私は胸につぶやいた
秋も終りに近い日の　なぜかそのようなできごとだった

*おこばな

県道沿いに　たくさんのおこばなが咲いている
畑の道にもたくさんのおこばなが咲いている
山の斜面ややぶのへりにも　たくさんのおこばなが咲いている
いたるところに

黄金《こがね》色のおこばなが咲いている
淋しい淋しい秋の終りのこの季節に
山にも野にも　道にも心にも　おびただしいおこばなが咲いている
僕達　島に住む人間は
このおびただしいおこばなの黄金《こがね》色に見送られて
やがて　暗い暗い北西風の吹き荒れる冬を迎える
都市に住む
親しくなつかしい友達よ
いつの日かともに　このおこばなの咲く野や山の道を
共に歩きたいと願う
おこばなの道を
暗い北西風の吹き荒れる冬を前にして
共に真実に　歩きたいと願う

＊おこばなはツワブキの花

浄雨

夜更けに　雨が降りはじめた
雨は静かに瓦屋根にあたり　瓦屋根を流れていった
僕は熱いお湯割り焼酎を飲みながら
東京の西荻窪で「たべものや」という　女ばかりの店をしている人達が出した
「たべものやの台所から」という本を読んでいた
その中で　しずかさん　たみさん　いずみちゃんなど　よく知っている人達が自分史を語っていた
そろそろ四十歳を越しているしずかさんが
今やっと子供を産みたい気持になったことが書いてあって
僕はあらためて女の人の深さを想い　うれしくて涙がこぼれた
（高群逸枝には子供がなかった）
夜更けに　雨が降りはじめた
ここは九州の屋久島
大きな谷川のほとりの家で
雨は静かに瓦屋根にあたり　瓦屋根を流れている音がきこえた

ジャンがくれた毛糸のマフラー

去年東京に行った時
旧友のジャンに会った
ジャンはすっかり酔っぱらっていて　しどろもどろだった
もっともジャンは　酔っぱらっていない時でもしどろもどろで
はた目には全然要領を得ない神秘詩人であった
昔のモンパルナスから抜け出してきたような絵描きでもあった
昔ながらの「ほら貝」のカウンターに坐って
ボブ・マーリーの歌をききながら　酔っぱらってごもりごもりに
しどろもどろに気炎をあげているジャンが
大変暖かそうな毛糸のマフラーをしているのを見つけて
ジャン　と僕は呼びかけた
このてぬぐいと交換しようぜ
僕は　自分の首にかけていた屋久島の商店の名前の入っているてぬぐいをはずして
ジャンに差し出した
おう　とジャンは応えた

(このマフラーは　女房が編んでくれたヤツだぜ)
とはジャンは言わなかった
でも僕には　手ざわりでそれが判った
ジャンは先妻との間に二人の子供をつくった
その一人の名前は　人間　だった
もう一人の名前は　御稜威《みいつ》　天皇の威光を示すものであった
今度の人との間にできた子供の名は
一度は聞いたはずだが　長く離れて住んだので忘れてしまった
とにかく　去年東京で　旧友のジャンに会った
ジャンの首に巻いてあった毛系のマフラーが　あまり暖かそうだったので
僕はてぬぐいと交換にそのマフラーをもらってしまった
旧友のジャン
僕のジャン
たしかに僕のてぬぐいはあげたし　あなたのマフラーはもらった
あなたのマフラーは
オレンジ色と黄色と　うすい青色が碁盤縞に織りこまれた毛系のマフラーで
人間はみな兄弟姉妹であるという　あなたの思想が織りこまれているマフラーだった
一年たってまた冬がきて

ジャン　あなたのことを思い出した
ジャン　あなたは僕の友達だぜ
去年
「ほら貝」から出て終電車に向かうあなたを送り
三分間ばかり黙って歩いた
別れ際に
このままずっと行こうぜ　とあなたは言った
そうよ　このままずっと行くんだ　と僕は応えた
おれたちのやってることは　全部神話なんだぜ　とあなたは言った
ジャン　毛糸のマフラーをありがとう

水が流れている

食パンの歌　――太郎に――

おまえもよく知っているように
私達の家ではめったに食パンを食べない
たまに食パンを食べるのは　病人が出たときとか
順子が熱病のように食パンを食べたくなったときとか
思いもかけぬお金が入ったときかである
家の中に食パンが一本あると　それだけでたいした幸福に感じる
順子は食パンが大好き　おまえも食パンが大好き
次郎も食パンが大好き　ラーマもヨガもラーガも食パンが大好き
ミチトクンも大好き　私もまた大好きである
さて太郎
おまえは二十歳を目前にして　これからこの家を出　島を出て東京へ行く
東京というところは　食パンなどありふれた食べもので
たとえば食卓の上にひときれの食パンがのっていて
それをみすぼらしい食べものと感じ　時には汚らしい食べものとさえ感じるようなところだ
おまえも　半年一年と東京に住むにつれて　あるいは三年四年と住むにつれて

いつか食卓の上のひときれの食パンを
そのように感じて見向きもしなくなるときがくる
戸棚に入れたままカビを生やかしたり
冷蔵庫の中でカチカチに固まらせてしまったりするときがくる
その時は
（よく覚えておいてほしい）
父親である私の思想が死に面している時であり
ひとつの真理が　死に面している時である

食パンが喰いたけりゃあ　金稼いで買えよ
屋久島にだってていくらだってパンくらい売ってるだろうが――

この家を出ようとするおまえは　半ばはそう思い半ばはそう思っていないはずだ
半ばそう思っているのは　まことに青年らしくてよい
また　半ばそう思っていないのも　私の息子らしくてよい
その半ばでおまえは明後日東京へ発つ
私はこれまで　ただ一緒に住んできたというだけで　おまえに何ひとつしてやれなかった
黒皮ジャンパーも買ってやれなかったし

通学用の新しいバイクも買ってやれなかった
奨学金をもらった上で学費免除の手続きをさせ　まるでただで高校を出した
その痛みがないわけではない
けれども私の考えは
（この二十年間ずっと探りつづけている考えは）
人間は　お金を稼ぐために生きてはいけないという理想を
命からがらで考えもし　実行することだった
おまえが六年間住んで　明後日は出て行くこの島でさえも
人々は一見　朝から晩までお金のことばかり考えているように見える
日本中世界中どこへ行っても　人々は朝から晩までお金のことを考え
より豊かな生活をしたいと追いかけているように見える
カライモよりは麦の飯　麦の飯よりは真白な食パン
食パンよりは耳なしのサンドイッチと　夢を追いかけているように見える
けれども　それは間違っている
僕達は本当は　ただ命の原郷を求めているだけなのだ
その命の原郷を
私はあるときは母と呼び　あるときは観世音と呼び
あるときはまた私自身の自己と呼び　神と呼び

あるときはまた屋久島の山中に自生する　樹齢七千二百年の縄文杉と呼び
あるときはまた　ただ山と呼び　海と呼ぶ
水と呼ぶことも　風と呼ぶことも　火と呼ぶこともある
そしてまた　それを百姓の名で呼ぶこともある

今日の夕方　十四夜の大きな月が背後の林からのぼった
黄金《こがね》色に澄んだ美しい月だった
にわとりにエサをやりながら　ふとその月を振りかえって見た時
明後日はおまえが　私達の家を出て行き　島を出ていくのだとはっきりと知った
大きな月を仰ぐ私は
じっさい百姓の幸せを腰にまで感じもしたが
そのじつは思いもかけず淋しいのだった　ごかんと淋しいのだった
けれども　その淋しさも私の原郷であり　人間の原郷であると
土に立っていたのだった
ただの淋しいものとして　土に立っていたのだった

ところで太郎
おまえは明後日ほんとうに家を出て東京に行く

たのもしく成長し　二十歳を目前にした若者となって
百メートルを十一秒台で走り
法然上人が親鸞上人の師であることを習い覚えた者となって
あるいは$E=MC^2$　というアインシュタインの原理を一応は習い覚えたものとなって
おまえ自身の命を探るために　おまえ自身の命を花開かせるために
この家を出　この島を出て行くことになっている
父親の私は　おまえがおまえの真実の道をどこまでも歩いて行ってくれることを願う
けれどもおまえもよく知っているように
私達の家ではめったに食パンを食べない
ひときれの食パンを食べることは　私達家族にとってはずいぶん豊かなことである
ひときれの食パンの上に
小屋のニワトリが産んだ卵焼きとケチャップ少々と　コショウを振りかけてパクッと食べることは
めったにない豪華さである
けれどもおまえが東京に行って
半年あるいは一年　あるいは三年か四年して
食卓の上にのせられたひときれの食パンを　みすぼらしい食べものと感じるか
汚らしい食べものと感じるときが　必ずやってくる
その時

おまえが私の血を受けた私のただひとりの長男であるならば
（よく覚えておいてほしい）
その時は
父親の私の思想が死に面している時であり
父親でも私でもない　ひとつの真理が死に面している時である

春一番

強い南の風が　山の斜面をごうと吹いてきた
すると　花盛りのアオモジの林がいっせいに大きく揺れて
きらきらと白黄色に光った
向かいの山の中腹にある　ヤッさんの炭がまから白い煙が噴きあがり
火がかまに廻ったことを示していた
私は私の山で地ごしらえをしながら
胸はがらんごうのように淋しかった
太郎はきのう　私達の家を出て　島を出て東京へ行ってしまったのだった

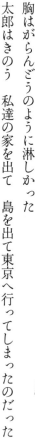

私のかけがえのない息子が
自分自身への旅へと出立してしまったのだった
それは本当にめでたいことであった
だからこそ
シャツ一枚で汗が出るほど暖かい　春一番がごうと吹き
アオモジの花の林は　笑いさざめくように揺れているのだし
ヤッさんの炭がまからは　新しく選ばれた仕事の煙がのぼっているのだし
私は私で　山の地ごしらえをやっているのだ
ブルーベリーを植えよう
スモモを植えよう
茶の木を植えよう　甘茶の木も　時計草の苗も植えようと　思っているのだ
それなのに私の胸はがらんごうで
そのがらんごうの内には
すべての為すことを無意味にするほどの淋しさが
電子のように激しく疾《はし》りまわっているのだった
春一番の大きな風が
ごうと吹き　またごうと吹き
世界はこれからごんごん緑になり　ごんごん豊かになってゆくのだから

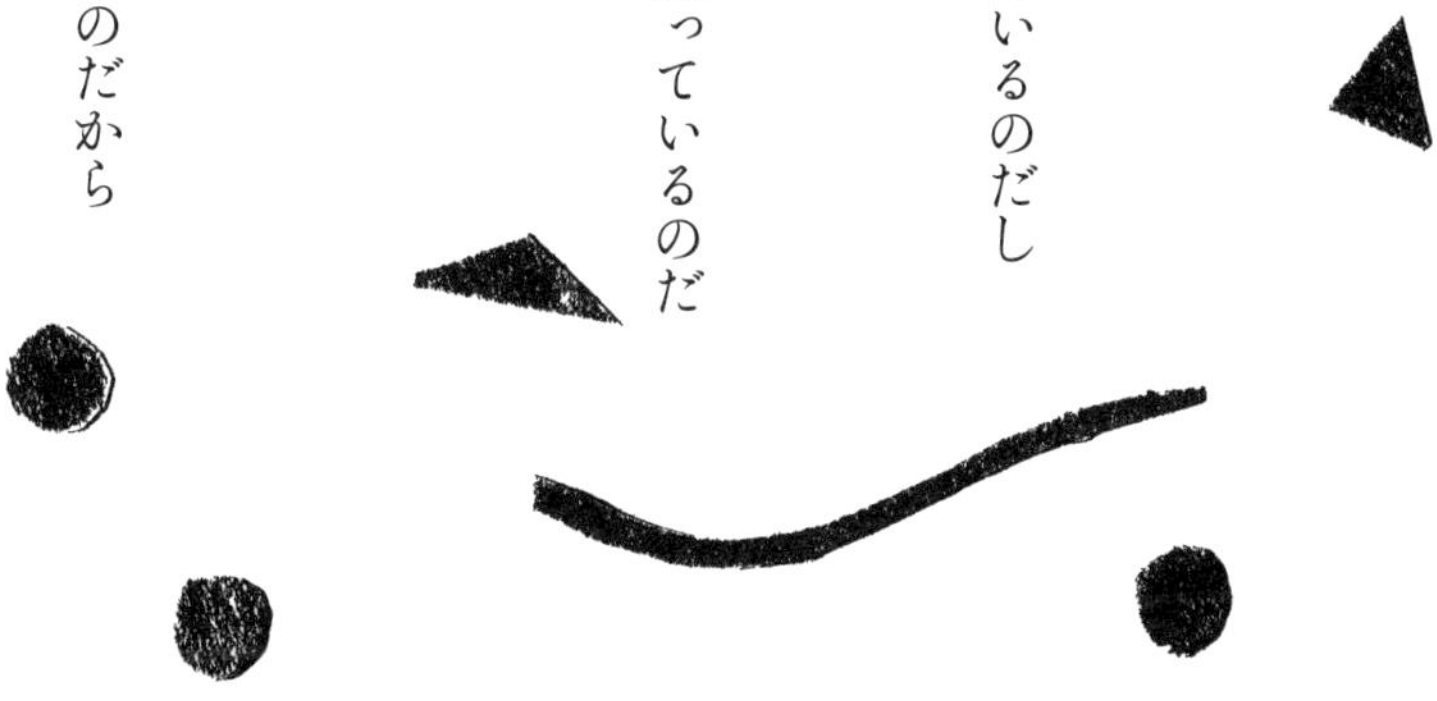

私は一本刃が欠けてしまった山鋸の柄を握り直して
天と地の間にたって　生木に向かい
父親はどれだけでも哭くがよい
だが　人間としての私は　一匹の静かな猿となってこの山に住みつき
山と語って暮らすのだ
アオモジの花が笑いさざめき
炭焼きの煙が吹き飛んでゆき
冬は去り　春がきたのだ
こんな淋しい　島の春がきたのだ
それでは太郎
私はこの山から　これまでどうしても言えなかった言葉を
風に向けておまえに言おう
太郎　出立おめでとう
太郎　貧しい父からの出立おめでとう

スモモ　五句

花の咲く日は　こようとくまいと　スモモ植える
実のなる日は　こようとくまいと　スモモ植える
スモモ植える　こんな淋しい　男にて
おい太郎　スモモなったら　猿にやろ
おい太郎　スモモなったら　おまえにやろ

真暗な山の啓示

わたくし達はわたくし達を棄てて
わたくし達の平和と幸福と真理のために　生きてゆきなさい
わたくし達の生存は　まことに不如意で　まことに淋しく
まことに罪深いものであるけれども
わたくし達の生存はまた　まことに深く　まことに希望があり

まことに浄らかでもあることを知って
わたくし達を棄て
わたくし達の平和と幸福と真理のために
ゆっくりと歩いてゆきなさい
ＤＮＡが組みかえられ
ＩＢＭが配置され
ＩＭＦが蓄積され
ＥＴ受信装置が設置され
ＣＩＶＩＬＩＺＡＴＩＯＮが世界をおおっても
わたくし達の真暗さには　変わりがない
わたくし達はわたくし達を棄てて
わたくし達の平和と幸福と真理のために
土の上で静かに生きてゆきなさい
真暗な山の奥そこに息づいている　暖かい命の原郷の
平和と幸福と真理のために
ゆっくりと歩いてゆきなさい

ひとつの事実

――スワミ・アーナンド・ヴィラーゴに――

ヨーギ・バジャンは言う
　人間よ　あなたは自分自身のなかに内在する神である
　行ってそれを悟りなさい
これはひとつの事実である

夕闇の山の上に
新月と金星が並んで　静かに光を放っている
僕の心は濁りに濁っていたので
こんな光景を見るのは久し振りのことである
これも　ひとつの事実である

僕は　弱いもの　悲しいもの　侮辱されているものの側《がわ》にある
それ以外のものではなく
それを光とし　希望ともしている
だから究極には　涙がある

これも　ひとつの事実である

僕達　弱いもの　悲しいもの　侮辱されているものは
心を合わせて
核兵器でも　原子力発電所でもない
静かな小さな幸福の時を　迎えたいと願う
これもまた　ひとつの事実である

ヨーギ・バジャンは言う
人間よ　あなたは自分自身のなかに内在する神である
行ってそれを悟りなさい
これはひとつの事実である

失われた縄文時代
――純に――

おお　哀しいよブッシュマン

おお　哀しいよブッシュマン
ぼくは泣いたよ
ぼくは今でも泣いているよ
ぼくは心臓が痛いよ
お金がこの世を支配しているから
ブッシュマンは踊ってみせるよ
ブッシュマンは跳び上がってみせるよ

夜
ひとりになった時も
ブッシュマンは眠れないよ　ぼくだって眠れないよ
川は流れているのに
星だって光っているのに
藪だって真暗なのに
土はあるし　山はあるし　海だってあるし
なにもかもすべてあるのに
お金がこの世を支配しているから
お金の前に土下座をするよ
お金を人間の価値として　受け入れるよ

おお　哀しいよブッシュマン
おお　哀しいよブッシュマン
ぼくは泣いたよ
今だって泣いているよ
悔しくて悔しくて　悔しくて悔しくて
おおブッシェマン
おお　哀しいよブッシュマン

母と太郎

ぼくには今年七十歳になる母がある
母は東京の春日町というところに借家をして
借家の庭に二十センチほどの沈丁花を植えたり
竜のひげという植物を植えたり
教行信証　という四文字を筆に習ったりして
ぼくの馬鹿な妹がこしらえた何千万円の借金の苦を

その老いた背に負いながら　生きておられる
妹に劣らず親不孝者のぼくがたまに東京に行くと
眼にうっすらと涙を引いて
まあ！　おかえり！　と笑ってくださる
ぼくには今年七十歳になる母がある
母は　母上は
ぼくの原初の女人観世音菩薩である

ぼくには今年二十歳になる息子がある
この春に島を出て
東京の吉祥寺の新聞配達店に住みこんで　予備校に通っている
ぼくとちがって百姓や哲学を好まず
工学部を目指す太郎は
ぼくが眠ろうとする午前三時には起き出して　仕事にかかるという
彼は島を出る前に弟の次郎に　謙虚であれ　と言い残して行ったという
ぼくは父親であり
父親とは強いものであるべきなのに
まるで失恋者のように淋しく

太郎と呼びかけると
すでに胸がつまって哭きたくなる
太郎　おまえは
ぼくの青年観世音菩薩である

野いちごの花

——兵頭昌明さんに——

野いちごなら　その赤い実や黄色い透明な実ばかりがすきで
花にはあまり興味がなかった
ところがこの春
野いちごの白い花が夢のように美しく咲いて
ぼくの中でひとつの真理となってしまった
野いちごの白い花が咲いて
それから　赤い実は赤い実になり
黄色の実は黄色に熟れることわりが
この春ようやくぼくにもわかり

今この花の季節を　ぼくもまたひとつの真理として
生きてゆきます

正座

正座すれば
心がおのずから　澄んでくる
正座すれば
心はおのずから　静かになる
正座すれば
父があり母があり　神仏がある
正座すれば
そこに正座している　自己がある

十三夜

弥陀の山は黒々と静まり
その上に　きれいな十三夜の月がある
阿弥陀佛という呼び名は　美しい呼び名である
それはまるで月のように美しい
阿弥陀佛
阿弥陀佛　と胸から呼ぶと
弥陀の山はますます黒々と静まり
その上に　きれいに澄んだ十三夜の月がある

しみじみとしたもの

しみじみとしたもの
それは　山道のすみれ草

それは　深夜の雨
それは　わたくしの希《ねが》う人間関係
しみじみとしたもの
それは　ひとりで聴く川の流れ
それは　観世音菩薩
それは　わたくしの希《ねが》う人生

ことば

――斉藤正子さんに――

あなたは　どんなことばが好きですか
愛ということば　恋ということばが好きですか
それとも　海ということば　山ということばが好きですか
それとも　商品ということばや文明ということば　国家ということばが好きですか
それともまた　原子力発電ということばや核兵器ということばが好きですか
わたくしは今
原郷　ということばと　しみじみ　ということばがとても好きです

原郷ということばには　わたくしの光があります
しみじみということばには　わたくしの涙があります
あなたはあなたで
わたくしはわたくしで　もろともに
本当に心から好きなことばを見つけて
そのことばを大切にし
そのことばを生きて行くのが人間であり
人間社会であると　わたくしは思います
あなたは　どんなことばが好きですか

夜の山

夜の山というのは　かぎりなく善いものだ
住んでみるとそれが判る
夜の山は　ごっしりとしていて深く
神秘で

心を沈めてくれる
山に住み
山に見守られて暮らすということは
観世音に住み
観世音に見守られて暮らすことと同じだ
それほどに
夜の山というものは　かぎりなく善いものだ
眺めていると
その上に　またひとつ星が生まれでた

はじかれた日

海に行った
海辺で　ひとりで焼きソバのようなものを食べたかった
けれども無人の海には　もとより食べるものは何もなく
さわやかな風が吹いているだけだった

ひとりの見知らぬ人がウェットスーツを着て
これから海に入ろうとしているところだった
それで
私は新聞を読みはじめた
新聞にはまったく何も書いてなかった
まったく何も書いてないのに　熱心に　まるで焼ソバでも食べるように
　新聞を読んだ
ウェットスーツを着て海に入ろうとしていた人は
なぜかウェットスーツを再び脱いで　海に入ることをやめてしまった
その姿をいぶかしがりながら
私は新聞を読みつづけた
そこには何も書いてなかったが
ただしばらくさわやかな風にさらされて
人間を取り戻すために　新聞を必死に読んだ

栗の実

二歳七ケ月になったミチトクンが
四個の大きな栗の実を両手にのせて
見せにきた
僕は忙しく
ああ秋だな　もう秋だなと感じただけで
その四つのつややかな栗の実の
神聖な振動を　知り得なかった
ミチトクンは　それで今度はひとりで土と水をこねて遊ぶ遊びを始めた
四つの栗の実はそこに棄てられ
すでに「神」のように　見向かれなかった

風

ミチトクンと　ヨモギ草の中に腰をおろしていた
やわらかいネ　といったら
ヤワラカイヨ　とミチトクンはこたえた
風が吹いていた
大きな涼しい風が
ミチトクンと私とヨモギ草のために
さわさわと　またさわさわと吹いていた
ミチトクンと　ヨモギ草の中に腰をおろして一休みしていた
やわらかいネ　といったら
ヤワラカイヨ　とミチトクンはこたえた

水の音《おと》　その一

水の音を聴きながら
水の音に溶けている
かつて私を導いた　寂しい西行法師の後姿は　今はもうここにはない
ここは水の郷《くに》で
水の音が法《ダルマ》である
生きている水の郷《くに》で　生きている水が法《ダルマ》である
水の音よ
水の音よ
ここは静かさの郷《くに》で　静かさが法《ダルマ》である
水の音を聴きながら
水の音に溶かされている

水の音《おと》　その二

秋のはじめの
淋しく豊かな水の音ほど
溶けてゆけるものは
これまでの私の生活の中にはなかった
秋のはじめの
淋しく豊かな水の音は
永遠そのものの　深い音であった
観音様と呼ぶまでもない
その音であった

畑　その一

海を見下ろす広い畑で

午後の間じゅう　あなたはゆっくりと鍬を振っていた
海を見下ろす広い畑で　あなたはゆったりとしていた
海と空と
太陽と土　そして鍬が
あなたをゆったりとさせ　幸福にさせることに
あなたは真に気づきはじめていた

畑

その二

海を見下ろす広い畑で
午後の間じゅう　あなたはゆっくりと鍬を振っていた
けれどもあなたは　時々
海に背を向けて　背後の山々を眺めた
山々は
そこに　緑濃く大きく美しく存在していた
あなたは　その山々の美しさに嘆声を洩らした

畑　その三

海を見下ろす広い畑で
午後の間じゅう　あなたはゆっくりと鍬を振っていた
岬の方でトンビが啼いた
その啼き声があまり澄んでいたので
あなたの心は　ひゅるひゅると震えた
トンビはしばらく間《ま》をおいては
なんどもなんども啼いた
そのたびに　あなたの心はともに震えた
あなたはトンビで
眼下の海を　ゆったりと飛びながら眺めているようであった
午後の間じゅう　あなたはゆっくりと鍬を振っていた

畑　その四

海を見下ろす広い畑で
午後の間じゅう　あなたはゆっくりと鍬を振っていた
そして夕方　空を見上げると
空いちめんに懐かしい綿雲が流れていた
あなたは二昔前
空いちめんの綿雲を眺めて
叫び出したいほどに切なかったことがあった
それはその頃　あなたが恋人を失ったためであった
けれどもその夕方
あなたは何も失っていなかった
空いちめんに懐かしい綿雲が流れ
あなたはその下で　ゆっくりと鍬を振っていた
あなたは幸福で
幸福は鍬にあることを　知りはじめていた

畑　その五

海を見下ろす広い畑で
あなたは今日で四日目の鍬を振っていた
三時半頃になると
定《きま》って沖合いから　ひとつの白い船が現われてきた
その船は貨物専用のフェリーで
四時過ぎにあなたの島に着く船であった
あなたは　船が島に着くことを好んでいた
広々とした沖合いから
白い小さな船影が現われてくると
あなたは幸福になって
しばらく鍬を振る手を休め　船を眺めるのだった
その船がやがて岬の向こうに隠れてしまうと
あなたはふたたび鍬を振りはじめた
あなたにとって　最も親しいものは　土であった
そして　鍬であった

あなたは
太陽と土が大切にされるとき
土と水と樹木とが大切にされるとき
あらためて鉄の文明も大切にされるであろうと
あなたの書いた本の中に記した
一本の鍬
その鍬をにぎるあなたは　幸福であった

畑

その六

海を見下ろす広い畑で
あなたは午後の間じゅう　ゆっくりと鍬を振っていた
作業はその日で五日目であった
北東の風が吹いていた
空は白く曇り　海もあおくなかった
けれどもその午後は

あなたの畑まで　波の音が聞こえていた
トンビがやはりいい声で啼いていた
波の音とトンビの声を聞きながら
最後のひと畝《うね》に取りかかったとき
最後のひと畝《うね》だからといって　決していそいではいけないぞ　と
あなたは自分の胸にいい聞かせた
そしていつのまにか　約一反の畝《うね》起こしが全部終った
波の音が聞えていた
トンビがいい声で啼いていた

鹿の啼き声

鹿が啼くと
クィーオウ　クィーオウと鹿が啼くと
あなたの胸はなぜかそのたびに震える
あれは

山の精霊が鳴らす　秋の淋しい笛ですよ　と妻は語るが
あなたの胸は　淋しさのゆえではなく
なぜかそのたびに震える
深い夜の静かさの中で
その静かさよりもっと深く
クィーオウ　クィーオウと　鹿が啼く
その声は
山に住むあなたにとっては
経典や聖師の教えと同じほどに　尊いものである

紅茶を飲む

外では木枯らしが吹き荒れていた
子供達はみな寝静まり
谷川の音が風のとぎれまに聞こえていた
僕は妻と向かい合ってコタツに入っていた

妻は　ようやく一冊の本を読み了えて　黙って涙を流していた
僕もまたとてもよい本を読んでいて　ひと区切りついたところだった
紅茶を飲もうよ
妻は涙をぬぐって起きあがり
熱く香り高い紅茶を入れた
そしてそこにオールドパアという　先生からのおみやげのウィスキーをたらした
トーマス・パア爺さんは　一四八三年から一六三五年まで一五二年も生きたんだって
私達もこれからは少しずつ死がテーマになってきたのね
と彼女が言った
熱く香り高い紅茶を飲みながら
その夜はじめて
私達一人一人ではなくて　私達二人の死が　彼女の口から洩れたのだった
外では木枯らしが吹き荒れていた
風の合間に谷川の音が聞こえていた
一人一人の死は千度も万度も想われた
一人一人の死はいつでもあった
けれども　その夜彼女の口から洩れた死は　私達二人の死であった
私達はコタツの中で向かい合い

熱く香り高い紅茶を飲んでいた
外では木枯らしが吹きやみ
谷川の音が確かな存在として　流れ下っていた

山で

やがて三歳になるミチトクンと　山に行った
椎茸のホダ木を下の道までかつぎおろすためであった
僕はひとかかえもある椎のホダ木をかつぎ上げ
ミチトクンは細いホダ木をひきずって　山道を下りはじめた
山の道には
木の根もあれば草の根もあり　つる草も這っていればトゲのある草もある
ただ歩くだけでも大変なミチトクンが
細いとはいえ椎のホダ木を持って歩くのだから
それはとても大変なことだった
けれどもそれはオシゴトだから　僕はミチトクンと歩調を合わせてはいられない

ずんずん先に歩いて　山道を下ってしまった
下の道にホダ木をおろし　ふたたび山道を登ってゆくと
ミチトクンが泣きべそをかきながら
それでも椎の木は手からはなさず　山道を下ってくるところだった
ヤアミットクン　ガンバッテルネ
そう声をかけて　僕はそのまま道を登っていった
山の空気は　大人のためには浄らかだけど
ミチトクンには怖いほどに淋しいだろうな……
そう思ってあたりを眺めると
空はどんよりと暗く　樹々の葉っぱは黒ずんだ緑色で
遠くでは鹿も啼いているのだった
樹々の葉はざわざわとあやしく鳴ってもいるのだった
二本目のずっしり重いホダ木をかつぎ上げて　ゆっくり下ってゆくと
ミチトクンはうつむいたまま
ホダ木を引きづりながらやはりゆっくりと山を下っていた
ヤアミットクン　ガンバッテルネ
声をかけながら顔を見ると
ミチトクンはもう泣きべそもかいていなかった

それごころかにっこり笑って
ウン　ガンバッテルヨ　と答えた
僕はそのままミチトクンを追いぬいて　下の道へ下った
そしてそこで　今度はミチトクンがおりてくるのを待った
待ちながら
山というところは　本来は怖いほどに淋しいところなのだということが　よく判った
そしてその怖いほどに淋しい空気が
大人の僕を浄めてくれるのだということも判った
やがてミチトクンがおりてきた
ホダ木を受け取ろうとすると
ミチトクンはそれを拒んで　自分でちゃんとそれを立てかけた
ミットクン　ガンバッテルネエ　三たび声をかけると
ウン　ガンバッテルヨ　と答えた
それだけでは足りない気がして
ミットクン　ヤクニタツネエ　とほめると
ウン　ヤクニタツヨ　と答えた
今度は二人で　またもとの山道をゆっくりと登っていった

一瞬

海を見下ろす広い畑で
あなたは午後の間じゅう　ゆっくりと鍬を振っていた
すばらしいお天気で　雲ひとつなく晴れわたり
海は青々と　どこまでも広がっていた
十二月なのに太陽は熱いほどに照りつけ　風はなかった
トンビさえひゅるりとも啼かなかった
あなたは一心に鍬を振っていた
あまり一心であったので
太陽が背後の山に沈もうとしているのにも　気づかなかった
けれども刻《とき》は　いつしか夕方であった
ひと休みするべく枯草に座ると　あなたの腰はきりきりと痛んだ
あなたは枯草の上に横になり　山の向こうへ沈んでゆく太陽を眩しく眺めた
太陽は沈んでいった
あなたは眼を閉じて　沈みゆく太陽に祈った
そして眼を開いた一瞬

そこには　全く別の世界が展かれていた
そこには　淋しさをむき出しにした青黒い山々があった
青黒い山々は
神さびた荘厳な淋しさとして　突然に現われたものとして
そこに在った
その山々は　名もない島の山々であったが
あなたがそれまでに見た　いかなる山よりも荘厳な山であった
おごろいて体を起こすと
あなたの腰の痛みは　もうなくなっていた
海を見下ろす広い畑で
いましばらく鍬を振るために　やがてあなたは腰を上げた

綿入ればんてん

綿入ればんてんを着る
綿入ればんてんを着ると

古い時代の日本人になって　心が落ちつく
暖かい雨の夜である
これこそが　文化というものである
文化とは　心がしっとりと落ちつくことである
綿入ればんてんを着る

法服格正講話

綿入ればんてんを着て
首には紺色のタオルをかけている
その紺色のタオルはサチコさんからプレゼントされたタオルで
わたくしがとても好きな色のタオルである
サチコさんはわたくしより年下の女性であるが
わたくしのお母さんで
わたくしはサチコさんの末っ子だそうである
綿入ればんてんを着て

首には紺色のタオルをかけて
わたくしは正座し
この雨の夜に
わたくしの観世音菩薩の声を聴いている
その声は雨の音
静かな暖かい雨の音である
沢木興道老師の著述に　法服格正講話　というものがある
袈裟《けさ》をいかに正しく身につけるか　を説いたものである
さればこの雨の夜
綿入ればんてんを着て
首には紺色のタオルをかけ
正座してその雨の音を聴いている
いうまでもなくこれはわたくしの法衣　わたくしの袈裟《けさ》である

千恵子先生

千恵子先生は
もう四十歳を越しておられるのに
今でも文学少女のような感性を保ち
びっくりしたような大きな眼と　金色の糸を引いたような微笑の
ふたつながらを持っておられる
その千恵子先生が　新しくペンネームを考えたといって
わざわざ封書の手紙を下さった
原野章子　と記されてあった
しばらくして千恵子先生にお会いした時
あのペンネームは　ハラノ　アキコと読むのですか
それとも　ハラノ　ショウコ　と読むのですか　と尋ねると
千恵子先生は　アハハハと明るく笑って
ゲンノショウコと読むのです　と教えてくれた
ぼくは　千恵子先生が大好きで
千恵子先生は　吉祥天女だと思っている

ナバ山で

ナバ山のスモモの幼木の畑で
午後の間じゅう草を刈った
背丈よりも高いすすきやシダや茨の藪を
ざっくざっくと伐り払っていった
鎌はよく切れ
鎌を使うこと自体が喜びであった
あなたは三日前に右足のアキレス腱をちがえて　びっこを引き
茨の藪では無数の棘がささって
手の甲からたくさんの血が噴き出していたが
それらのことは少しもあなたの喜びを妨げなかった
そこには静かな山があり
スモモの樹の幼木があった
あなたの手には　手に等しいほど敏捷な鎌が握られており
あなたは原初の人間であった
あなたは原初の人間であることに満足で

その時にはじめて　あなたがあなた自身になるのであった
ナバ山の山の畑で
午後の間じゅう草を刈っていた
そこには人影はまったくなくて
ただ山々だけが　深々《しんしん》と連なっていた

阿弥陀佛と十四本の大根

あなたが　あなたの自己の内に阿弥陀佛の不滅の光を見た日の夜は
とても寒い　風のない夜であった
谷川が静かに流れて
ときどき遠くで犬が吠えていた
あなたが座っている部屋の床には
青々とした葉をつけたままの　十四本の白い大根が並べられてあり
それはやがて寒干し大根にされるために
そこに置かれているのであった

よく洗われ　塵ひとつない十四本の大根は
あなたの眼に見られた　阿弥陀佛の不滅の光の姿であった
阿弥陀佛の水が静かに流れ
遠くでときどき吠える犬の声さえも　阿弥陀佛のひびきであった
あなたが　あなたの自己の内に阿弥陀佛の不滅の光を見た日の夜は
とても寒い　風のない夜であった

般若心経

私が声に出して般若心経を唱えると
三歳の道人《みちと》が聞いていて
とてもいいねえ　と言った
そして自分でも　もんもんもんとまねをした
何日かたって
ラジオから御詠歌を歌う女の人の声が流れてきた
すると道人《みちと》はにっこり笑って

おとうさん　やってるねえ　と言った
私にはすぐには何のことか判らなかったが
すなわちそれが　道人《みちと》の般若心経であった

夜明けのカフェ・オーレ

フランスに行ったことがないから
本物のカフェ・オーレのことは知らない
今晩もとても寒く　もうすぐ夜も明けるので
台所に行き
山羊の乳にインスタントコーヒーの粉をふりかけて　カフェ・オーレを作った
とても熱い　おいしいカフェ・オーレができた
山羊よありがとう
と思いながら　ひとりでしみじみと飲んでいたら
眠っているはずの山羊が　山羊小屋で
ひと声　べえー　と啼いた

十七夜

十七夜の月を見ようと　家の外に出たら
月は見えず　川の音ばかりが高く響いていた
それでも空は明るくて
南の山も西の山も　黒々とゆったりと息をしていた
春がもうそこまできていた
あなたは西の山に向かって　南無阿弥陀佛と唱え
南の山に向かって　南無阿弥陀佛と唱えて
とても孤独で
とてもいい気持で　家の中に引きかえした

音

コンコン　コンコンコンコン

静かな山に　椎茸の種駒を打ち込む音が響いていた
その音は　澄んだ淋しい音で
山のずっとずっと奥まで　響いて行った
それは鳥の啼き声のようではなく
猿の啼き声でもなく
人間の仕事の音で　たぶんそれは人間の啼き声であった
コンコン　コンコンコンコン
コンコン　コンコンコンコン
静かな山に　椎茸の種駒を打つ音が響いていた
とても美しい音であった

焼酎歌

久しぶりで　彼女と二人で焼酎を飲んだ
焼酎は　いつもの屋久島産の「八重の露」
つまみは　畑からきたナスとシシトウの油いため

それと塩ラッキョウ
人生はこれでよし

六日か七日の月が　すき透るほどに強く輝いて
弥陀の山の端《は》に沈もうとしていた
ぼくは板の間にあぐらをかいて
夜の冷気を全身に受けながら
月が沈むその瞬間を　自分の死ぬ瞬間になぞらえて眺めていた
人生はこれでよし

客人から　種子島産の「南泉」という焼酎をいただいたので
二杯目からはそれを飲んでみることにした
スティーブン・ハルペンのスペクトラム組曲のカセットをかけた
東京へ行って一年半になる　太郎のかたみのラジオカセットで
その静かな組曲をきいた
人生はこれでよし

庭から　梅雨の名残りのクチナシの花が　すっと匂ってきた

そこに眼を向けると
夜目にも白く　クチナシの花が咲いていた
なんという豊穣
なんという孤独
人生はこれでよし

クチナシの花のその向こうには　小さな沢が流れていた
沢は　見ることのできないところで流れていたが
音高く　静かに静かに流れていた
倒れた東京の父は　快方に向かっていた
屋久島　そして種子島
人生はこれでよし

空には星が輝いていた
ひとつの星が　大きく明るく輝いていた
木星かな
たくさんの星はいらなかった
ただひとつの星　ただひとつの星が深かった

人生はこれでよし

久し振りで　彼女と二人で焼酎を飲んだ
焼酎はいつしか「南泉」
彼女の頬もいつしかピンク色
つまみは　畑からきたナスとシシトウの油いため
それと塩ラッキョゥ
人生はこれでよし

海

海には少年がいた
その少年は
三十年前と同じように　海で泳ぐことに酔い
海の貝を潜って採ることに熱中していた
それだけのことであったが

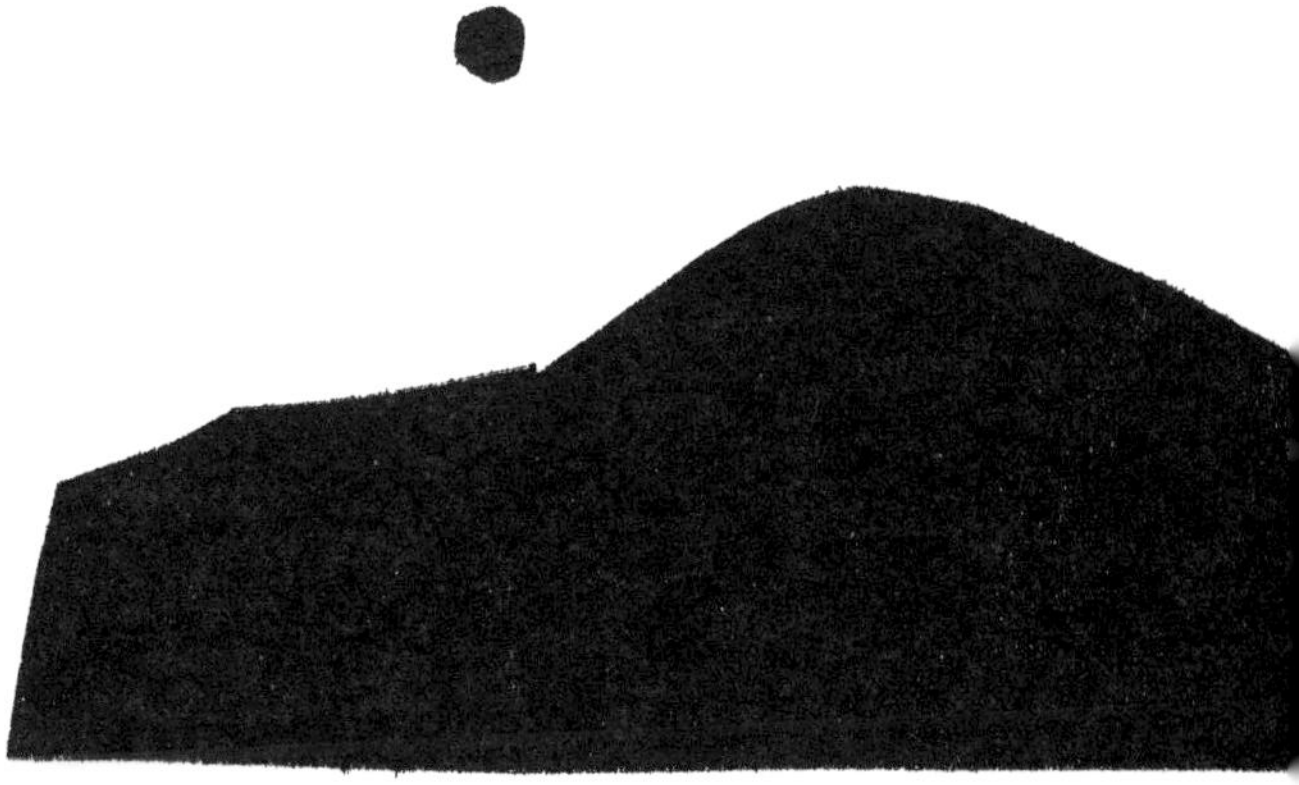

海には　少年がいた

父と海　十五句

父が逝った　僕は光の海を　泳いでいた
父が逝った　母が生きて　いる
父が逝った　真面目な人さえ　逝った
父が逝った　真夏の光が　残された
父が逝った　僕とは　何なのだろうか
父が逝った　僕に涙を流させない　海よ
父が逝った　父は終生　労働者であった
父が逝った　僕は決して　労働者にならぬ
父が逝った　父のない　旅が始まった
父が逝った　僕は光の　海を泳ぐ
父が逝った　ここは光の　海だろうか
父が逝った　阿弥陀佛の阿弥陀佛の　海であった

父が逝った　死と生とが　逆転した
父が逝った　海の底に　白く哀しい珊瑚《さんご》を見た
父が逝った　そういうことが起こる　海よ

なぜ　――父に――

なぜ君は　東大を受けないのか
と　高校三年の時　教師が言った
僕は　早稲田に行きたいのです　と答えた
けれどもその時
僕はキェルケゴールの全集を読みはじめていて
もう受験勉強をしている時間がなかったのだった
なぜお前は　早稲田をやめるのかと
大学三年の時に　父が尋ねた
僕は横暴にも

入学した時から卒業するつもりはなかったし
卒業証書で世を渡ることは
卑怯者のすることであり
高等小学校卒の　父の道に反するものであると　答えた

なぜお前は
アナキストになったのかと
この三月に癌で死んでしまった　唐牛健太郎が尋ねた
唐牛健太郎は（僕は赤フンと呼んでいたが）
深い哀しみと　深い力を持った　ひたすらの　愛のひとであった——
だって
世界のあらゆる部分は中心であり　秩序であり
そこに政府は要らないから　とは答えず
あなたもアナキストのはずだが——と　僕は答えた

なぜお前は
東京を棄てて　こんな島にきたのかと
たくさんの島人に聞かれた

ここには海もあるし　山もあるし
何よりも　樹齢七千二百年といわれる縄文杉が　この島の山中に自生しているからと
答えたが
それは　まことにその通りであった
縄文杉の霊が
この弱く貧しく　自我と欲望ばかりが肥大するわたくしを
その岸辺に正そうと　呼んでくれたのであった

なぜお前は
今もなお淋しく　悲しいのかと
弥陀の山が尋ねる
そのわけは　わたくしには判りません
きっとあなたが
わたくしよりもはるかに深く淋しく　悲しく
はるかに深く豊かに　そこにあるからでしょうか——
そのわけは　わたくしには判りません

たまご

たまごは　にわとりから　うまれる
にわとりは　おしりから　ポトン　とたまごをうむ
そのときにわとりは
せいせいしたように　おしりをぷるぷるっとふる
そしてしばらくは
たまごのうえにすわっている
そのたまごに　さわってみると　熱《あつ》いほごにあたたかい
その熱《あつ》いほごのあたたかさが
いのち　なんだね
ぼくたちは　そのいのちを　たまごやきにしたり　めだまやきにしたり
ゆでたまごにしてたべる
いのちが　いのちをたべるんだね
そしてそれが　おいしいんだね
そしてそれが　かなしいんだね
ぼくは　たまごやきやめだまやきがとてもすきだから

にわとりをたくさんかっている
にわとりをかうと
たまご　というものが　とてもたいせつだということが　わかってくる

スイッチョ

スイッチョは
夜になると　黙って部屋の中に遊びにくる
山の秋の夜はとても涼しいから
戸はぜんぶ閉めておくのだけれど
どこからか入ってきて
黙って　針の先ほどの小さい黒い目で　ぼくを見る
ぼくは
スイッチョのことを　おともだち　と　おをつけて呼んでいる
ぼくはスイッチョが大好きで
スイッチョが青い羽根を飛ばしてやってくると

ああ　おともだちが来た　と胸の中でつぶやく
真夜中のことなんだけどね

ひがんばな

秋のひがんが　ちかづいて
真赤なひがんばなが　咲きだした
この夏に　ぼくの父は逝ってしまって
この夏に　ぼくは百度も泣きたかったけれど
なぜか涙は流れなかった
秋がきて
秋のひがんが近づいて
真赤なひがんばなが　咲きだした
ひがんばな
ひがんばな
その真赤なひがんばな！

そのひがんばなを手折って
父の写真に捧げる
この秋も　ぼくは涙を流さない
ひがんばな
ことしの秋の　静かな　真赤な　ひがんばな

秋
その一

秋は野の花
野の花は　フヨウ
いかなる想いの旅をしても
いかなる喜びの旅をしても
わたくしの静かさは充たされない
秋は野の花
野の花は　ヤクシマフヨウ
その　真昼の夢

秋

その二

秋は　野ぶどう
その　熟れた　黒の色
いかなる想いの旅をしても
いかなる喜びの旅をしても
わたくしの淋しさは充たされなかった
秋は　野ぶどう
その　熟れた　黒の色
その　甘い渋さ

秋

その三

秋は野の花
野の花は　赤のひがんばな

いかなる想いの旅をしても
こんな淋しい花には　出会わない
赤のひがんばな
秋の野の
夢のように透きとおった　ひがんばな

秋　その四

あなたには　うた　があります
そのうたは　涙を　呼びます
涙の力
この静かな　野の道で
花よ
あなたは　清らかです
清らかさと　涙は
いつでも親しい姉妹です

ひがんばな
野ぶどう
ヤクシマフヨウ
あなたには　うた　があります
そのうたは　涙を　呼びます
この静かな　野の道で
あなただけが　清らかです

ミットクンと雲

だれもいない　山の中の畑で
ミットクンと二人で　青い空を見ていた
空には　白い雲がゆっくりと流れていた
青い空は　いいねぇ
白い雲は　いいねぇ
すると

その白い雲は　向こうの山の頂上に近づくにつれて
少しずつ夢のように　消えてゆき
山の頂上までゆくと　すっかり消えてしまった
深い青空が　あるだけだった
キエチャッタ　と　ミットクンが言った
きえちゃった　と　ぼくも言った

ゲンノショーコ

秋が深まってくると
山道にはゲンノショーコの花が咲きます
ゲンノショーコの花は　濃いピンク色です
でも　とても小さな花で　草むらの中にそっとかくれて咲いています
ゲンノショーコの花を見つけると
ぼくは
ああ　ここにぼくのふるさとがあった

ぼくたちの本当のふるさとがあった　と思うのです
もうすぐ二十一世紀で
人間は別の生きものになるとかの　噂ですが
ゲンノショーコの花を見ると　ぼくはいつでもそう思います
秋が深まってくると
ゲンノショーコの花が咲きます

海

とても淋しくて　ひとりで谷筈《やはず》の海に行った
海には　波があった
岩に砕けて大渦を巻く波を見ていると
そこに舞いこみそうになった
（これはいけない）
それで遠くの方に眼をやると
そこには　僕の好きな広い海があった

[redacted]

その海に向かって
海よ！
エネルギーをください！
と　胸の内で叫んだ
そんなことをしたのは　それが初めてのことであった
とても淋しくて　ひとりで谷筈《やはず》の海に行った

秋

秋
存在の木の葉が
黄金《こがね》色の陽を浴びて　ふるえている
水は　流れてつきない
いちまいの木の葉は　すでに地に落ち
落ちたことにより

梢にあるときよりも美しく　黄金《こがね》色の陽を浴びている
存在の木の葉は
今が盛り
水が流れても　水が流れても
今が盛り
源の
黄金《こがね》色の陽とともに　ふるえている

秋
存在の木の根は　土とともにある
土があり
水が流れている
むろん　死がある
塩焼けた顔　塩焼けた眼　塩焼けた微笑
塩焼けた足が歩いている
土焼けた顔　土焼けた眼　土焼けた微笑
土焼けた足が歩いている
ここよりほかに　存在はない

土があり
水が流れている
存在の木の根は　いのちとともにある

草の生えている道

道のまんなかに　草が生えている道を　歩いている
それは
この世で　わたくしがいちばん好きな　道である
それは　にんげんの原郷の道である
母よ
悲母よ
道のまんなかに　草が生えている道を　歩いている
それは
この世で　わたくしがいちばん好きな　道である
それは　存在の歌う道である

しんと静かで　黙っている
草が生えている道である
道のまんなかに　草が生えている　道である

草の道

草の道を歩いている
草の中の細い道を　鍬《くわ》をかついで歩いている
淋しいわたくしの道を歩いている
イヌハギの実がこびりつき
ひるまからこおろぎが鳴く
草の道を歩いている
母よ
悲母よ
草の中の細い道を　鍬《くわ》をかついで歩いている
陽がさんさんと降りそそぐ

これは　たしかに淋しいまひるの道であるが
わたくしである道である
わたくしの存在の道である
草の道を歩いている
草の中の細い道を　鍬《くわ》をかついで歩いている

この道

この道を　もっとかなしめと
あなたはおっしゃる
あなたがそうおっしゃるからには
そうせずばなるまい
この道
貧しいにんげんの道
ただのにんげんの　ただの永遠の道
アジアアフリカの道　屋久島の道

わたくし達の道
この道をもっとかなしめと
あなたはおっしゃる
あなたがそうおっしゃるからには
そうせずばなるまい

水が流れている　その一

ここにあるものは
もとより　孤である
この孤は　いつしかなむあみだぶつに帰る
不可思議光佛に帰る
水が流れている
水が
真実に流れている

ここにあるものは
もとより　孤である
この孤は　十二月の庭に咲き残ったカンナの花を　眺めている
赤いカンナの花
水が流れている
水が　真実に
流れている

ここにあるものは
ただひとつの　孤である
この孤は　たしかに泣いている
泣きながら　なむあみだぶつに　帰る
不可思議光佛に　帰る
水が流れている
水が
真実に　流れている

水が流れている　その二

静かな海の波打際のように
静かに　水が流れている
その音は
わたくしの全身を流れ
わたくしを　浸している
遠く　鹿が啼いている
いっぴきの虫が　なむあみだぶつ　なむあみだぶつ　と鳴いている
水が流れている
腰より下に
水が
真実に流れている
静かな海の波打際のように
静かに水が　流れている

水が流れている　その三

山が在って
その山のもとを
水が　流れている
その水は　うたがいもなく　わたくしである
水が　流れている
水が　真実に　流れている

暗い目

暗い体　暗い目　暗い心の奥に
それを支えている強い光があることを
誰も知らない
それを　不可思議光佛　と呼ぶ

無碍《むげ》光如来　と呼ぶ
あるいはまた　金剛薩埵《こんごうさった》　ヴァジュラサットヴァ　と呼ぶ
生きている最後の力　とも呼ぶ
大きな　深い川が流れている
水が流れている
暗い体　暗い目　暗い心の奥に
それを支えている最後の光があることを
誰も知らない
水が　流れている

雨

雨が降ってきた
この寒の入りの夜明け前に　また
ばらばらと雨が降ってきた
けれどもその雨は

なぜか　音で聞かれる光であった
なむ　かんぜおんと祈れば
その慈悲は　目に見えるのであった
ありがたくて　哀しい　かんのんさま
哀しくて　ありがたい　かんのんさま
この世に生きることに貧しい　わたくし達の　かんのんさま
そしてまたその奥には
あみだぶつの　光があった
ぼくは　なむ　あみだぶつと　となえるつもりが
なむ　なみだぶつと　となえてしまって
その不可思議に泣いてしまった
雨が降ってきた
この寒い夜明け前に
暗闇の中で
ばらばらと音をたてて　心をうつ雨が
静かに降ってきた

祈りのことば

南無　不可思議光佛
無碍《むげ》光如来
と　となえると
暗黒の夜空の　星がみえる
その星は
淋しく静かに　青く燃えている
わたくしは　その冷たい星に　祈るものである
そこには友達もいず
親も　妻も　子もいない
わたくしはまた
南無観世音菩薩
南無地蔵菩薩
と　となえる
ここには水が流れており
水が　真実に流れている

ここには　苦しみと水が流れている
祈りのことばは
わたくしが　人間としてたどりついた
最初のことばにすぎないが
最終の　ことばでもある

ヴァジュラサットヴァ（金剛薩埵《こんごうさった》菩薩）

ヴァジュラサットヴァは　地の底の暗さの中にある
ヴァジュラサットヴァは
闇の中の光である
ヴァジュラとは金剛
サットヴァとは人間
人間の心の内深く在る
決して破壊されることのない　光そのもの
光としての　生命《いのち》

ヴァジュラサットヴァ
ヴァジュラサットヴァは
地の底の暗さの中に　在る
誰にも知られず
誰にも訴えず
ただ　光そのものとして　生命《いのち》として
暗さにおおわれ
むしろ　暗さそのものとして　そこに在る
ヴァジュラサットヴァ
生命《いのち》という光
わたくしは　千度でも語るが
ヴァジュラサットヴァは　地の底の暗さの中に在る
その地の底を
水が　流れている
水が　真実に　流れている

ひかり

ひかり　とは
生命《いのち》の　もうひとつの呼び名です
生命《いのち》だけが
究極の　暗闇の中の　ひかり　です
暗闇の中を　それで
水が流れている
水が　真実に　流れている
水は　暗闇の中の　ひかり　です

大根おろし

畑には　大根が太っている
その大根を引きぬいて

大根おろしを作る
藍色のさらさもようのある　お皿に入れて
しょう油をかけて
それだけで　食べる
これは　地《ち》のもの達の文化であり　文明であり
核兵器を作る人達や
原子力発電を作る人達への　捧げものではない

つわぶきの煮つけ

野には
つわぶきの新芽がのびている
その新芽を引きぬき集めて
うす皮をむき
シイタケや油アゲといっしょに煮つける
藍色のさらさもようのある　お皿に盛りつけて

やっと春になった　と
にこにこしながら　食べる
こんなおいしいものは
この世にまたとない
これは　地《ぢ》のもの達の文化であり　文明であり
核兵器を作る人達や
原子力発電所を作る人達への　捧げものではない

春の朝　その一

春の朝
にわとり小屋から
おっとおさーん　おっとおさーん　と　にわとりが啼いている
ぼくは
にわとりのおとうさんでないばかりか
子供達のよいお父さんですらもない

それなのに　春の朝
にわとり小屋から
おっとおさーん　おっとおさーん　と　にわとりが啼いている

春の朝　その二

うぐいすが啼き
とうとうと川が流れている
父親であり
夫でもあるものが
その務めもはたせず
うぐいすの声
水の流れる音を　聞いている

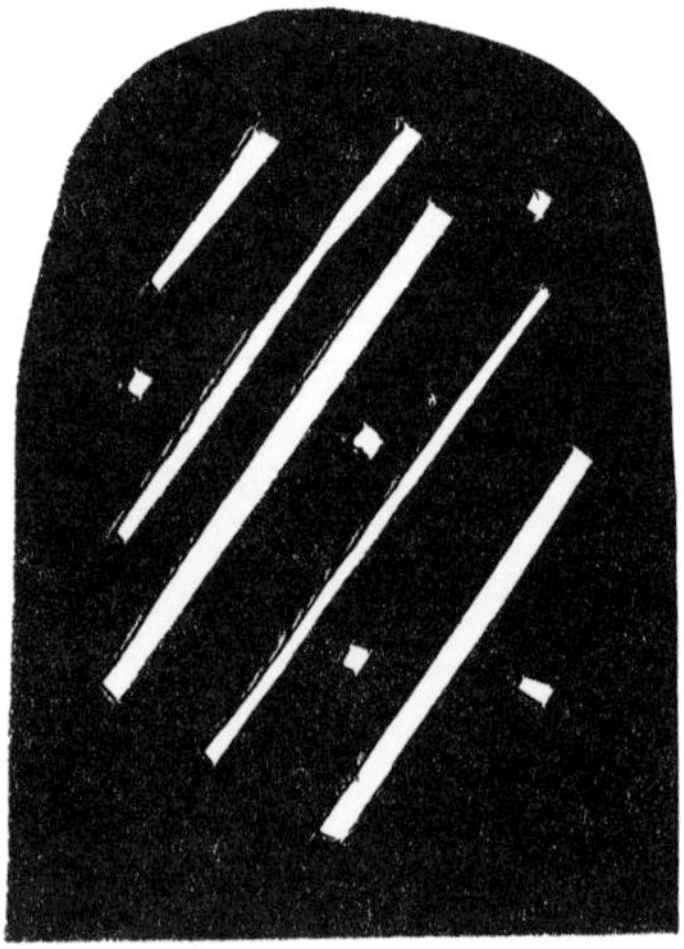

桃の花とスモモの花と

雨の中で
桃の花とスモモの花が　咲いている
桃の花のうすべに色が　雨にぬれている
スモモの花の真白《まっしろ》が　雨にぬれている
生命《いのち》とは　単純なもの
神とは　素朴なもの
雨の中で
桃の花とスモモの花が　咲いている

スモモの花

この春の朝に
スモモの真白《まっしろ》な花が　咲いている

だから
霊は眼に見えるものでもある
ということは　間違いではない
この春の朝に
スモモの花が　満開である

春彼岸

きょうは春の彼岸の中日であった
海
海は
不可思議光佛の光であった
山
山は
不可思議光佛の光であった
うすく太陽が照り

畑の土は　黒くしっとりと湿っていた
きんぽうげの花が咲き
青草がもう　びっしりと生えていた
ひとりのがっしりとした体つきの漁師が
少し酔って　ゆったりと過ぎて行った

海

海は不可思議光佛の光であった
あなたは船を眺め　やがて
願船寺というお寺に入った
そこでおもいもかけず　水が流れていた
海のほとりのお寺であった
山ではまた
子供達が遊んでいた
五年生の女の子達が四人で
川のほとりで　花のように笑いながら　おはぎを食べていた
水が流れていた
水が　真実に流れていた
夜になると

静かな闇であった
暗闇の山であった
山
山は不可思議光佛の光であった
今日は　春の彼岸の中日であった

五つの根《リゾーマタ》について

水は
水の真実を　流れている
土は
土の真実を　暖めている
樹は
樹の真実を　繋らせている
火は
火の真実に　静止している

そして大気は
大気の真実を　自ら呼吸している
そして　あらゆるものを包み　あらゆるものの底に
水が　流れている
水が　真実に　流れている

森について

森は
土と樹々をかかえて
沈黙しつつ　生きている
人は　その森に帰る
森は
ひとつの大きな闇であり
慈悲である
人は　そこに帰る

森のそこには
水が流れている
その水もまた　森である
人は　そこに帰る　その森に帰る

月について

月は
生と死をくりかえす
生まれたばかりの　金色の月を
わたくし達は　みか月　という古い呼び名で呼ぶ
死んでゆく金色の月を
わたくし達は　二十三夜月　という呼び名で呼ぶ
月は
生と死をくりかえす
輝きつつ生まれ　輝きつつ闇に帰る

存在について

存在は
流れてやまない
水の真実　のように
しかしながら
存在は
静止してやまない
石の真実　のように
存在は
生まれて死ぬけれども
生まれもしなければ死にもしない
存在は　それゆえに
ひとつの祈りの現われであり
祈りの姿である

祈りについて

祈りは
生まれたばかりの　金色のみか月　である
祈りは
金色のみか月の意志であり
その不可思議の　はじまりである
月がやがて死ぬとき
祈りがやむとき
存在は　存在することをやめた　と呼ばれる
しかしながら
存在は　存在することをやめもしなければ　はじめもしない
それゆえ
祈りは
生まれたばかりの　金色のみか月である
その静止した　震動である

底

底へ沈むと
そこに　深い水がある
その水が　流れている
その水を　大悲と呼ぶ
底へ沈むと
そこに　深い水がある
その水が　流れている
その水を　大慈と呼ぶ

縄文の火

存在について

最も深く祈っているとき
人は　手を合わせはしない
しかしながら
最も深く祈っている時
人は　手を合わせている
存在は
そのようにして　人を開示する

矢車草

その一　――松本碩之さんに――

まじめな人は
いつでも深く　悲しそうな顔をしている
この四月の　ゆるやかな風の中に

矢車草の青い花が　咲いている
その海よりも深い　青の色を
まじめな人　と呼ぶのである

矢車草　その二

矢車草の花が咲いた
その　海よりも深い
青の色は
存在が　悲しみの極みにはなつ
不思議な喜びの　光であった
矢車草よ　と呼びかけると
その青い花が
ふらり　と揺れた

矢車草　その三

悲しみが深くなると
水になる
水が深くなると
海になる
矢車草の　青い花は
その海から　この地上に帰ってきて
悲しみを　もたない

個人的なことがら

古い言葉かも知れないが
僕は　真理　という言葉の前に
深く心が震える

そこに　僕の一生を　捧げる
古いことかも知れないが
僕は　そこにひれ伏し　そこに泣き
そこで遊ぶ

時代の流れに　沿わぬことかも　知れないが
僕は　幸福　という言葉の前に
むしろ悲しむ
時代の人は　明るい幸福の道を　行きなさい
僕は　それとは根本的に　少しだけちがう
真理の道を
静かに歩いて行くつもりだ

子供のころ
僕は漁師に　なりたかった
海は広くて　かぎりなく青かった——
子供のころ
僕は百姓に　なりたかった

畑は無言で　かぎりなく深かった――
子供のころ
僕は教授に　なりたかった
教授は偉くて　知識をもっていた――
子供のころ
僕は詩人に　なりたかった
詩人は悲しくて　真理を求めていた――
そして結局
僕は　百姓となり　詩人になった

しゃりんばいの　白い花が咲いたが
海には　まだ鯖《さば》がこない
漁師達は
やがてくるだろう　と語りつつ
じっとそれを　待っている
けれども
海に鯖《さば》はこない
しゃりんばいの　白い花は咲いたが

海に　真理は　やってこない

青い矢車草の花が
咲いている
そこには
無言の　究極の悲しみがあり
それがそのまま
青い光となっている
海よりも深く
青い矢車草の花が
真理として　咲いている

そして
これらのことがらは
すべて個人的なことがらである

月夜　その一

月の夜には
月を眺める
月の下で　黒い山々が　深い呼吸をしているのを眺める
水が流れている　音を聴く
月の夜には
月が　本願　である
月の夜には
月を眺める
月の下で　黒い山々が　深い呼吸をしているのを　眺める

月夜　その二　――林謙二郎に――

インドのカイラサ山にある　マノワサロ湖は

観音様の涙　から生まれたという
世界の悲惨を救うために
観音　は世に現われたが
世界の悲惨は　あまりにも多く　深く
それを救うことはできないと　知って
観音は　涙を流した
その涙から　真っ青なマノワサロ湖が　生まれたという

月の夜に
そんな話を　友達から聞いた

月夜　その三

月の夜に
月を眺める
月に向かって　掌《て》を合わせる

ただそれはどのことであるが
そのとき　神秘の扉の内側にある

月の夜に
月を眺める
月に向かって　掌《て》を合わせる

月夜　その四

庭では　火が燃えていた
空には　満月があった
すぐ側を　大きな谷川が　音高く流れていた
ぼく達は　踊っていた
ぼくは　踊っていた
ニジェールからきた　キング・サニー・アデが
EMAJO!

エ・マ・ジョー！　もっと踊ろう！
と　叫んでいた
EMAJO!
もっと踊ろう！
太い火はとろとろと　真赤に炎をあげていた
火の底には　深い地太《ちだ》があった
深い悲しみと　豊かさがあった
椎の木は黒々と　明るい月空をさえぎっていた
その黒い椎の木の影は　僕の眼であった
その黒い影は　悲しみと豊かさの　かたまりであった
EMAJO!
もっと踊ろう！
僕達は　踊っていた
僕は　踊っていた
明るい空には　満月があった
透明な満月が
黒々とした木立の上を　ゆっくりと位置を移して行った
月こそは

悲しみの頂天であった
頂天にこそ　悲しみが深いことを
アフリカよ
あなたは知っている！
EMAJO!
もっと踊ろう！
安《ヤッ》さんが踊っていた　神宮君が踊っていた　賢至が踊っていた
だが　いつしかこの夜明け前に
他の人達は　もうすべて疲れ果てて眠ってしまった
火がとろとろと燃えていた
川が音高く流れていた
月もようやく　山の端《は》にかかっていた
一番鶏が啼いた
EMAJO!
もっと踊ろう！
悲しみと豊かさがひとつとなるまで
一《いち》となるまで！
EMAJO!

もっと踊ろう!
いのちの夜が　明けるまで
僕達の　アフリカの夜が　明けるまで

うづくもる

今年度の　第一回PTA委員会は
四十一名の出会者があった
小学校の図書室に　あふれるほどの出会者であった
その中に
色が黒くて　小柄で　ひげもじゃらの　くず鉄業者のSさんがいた
Sさんはじっと　うづくもり
ときどき微笑をうかべたりするが
会の終りまで　ついに発言することはなかった
Sさんの　うづくもっている姿には
世界の悲しみを　一身に引き受けている姿と

世界の豊かさを　一身に顕《あら》わしている姿があった
そしてそれが
僕にとっては　世界の真《まこと》の　意味であった

おわんごの海

夕方
おわんごの海に行った
丸石と　まるまったサンゴのかけらの浜で
なむあみだぶつ　ととなえてみた
きれいなサンゴのかけらを　二つ拾ったが
そのまま近くの岩の上に　二つ並べて置いた
それから　打ち寄せられたロープを
二本拾った
その二本は　何かの役に立てるために
家に持ち帰ることにした――

こんなちの明かない暮らしをしていて
それでよいのか　とおまえは問うが
それでよいのだ　とわたくしは答える
夕方
誰もいない　おわんごの海に行った

誰もいない　おわんごの海に
不意に　ひとりのお爺さんが　現われた
それは僕が　三度　なむあみだぶつと唱えたすぐ後だった
なーんもなか　なーんもなか
と　お爺さんが手を振った
なーんもなか　なーんもなかよ
と　僕もいった
それで二人は　眼を合わせて微笑んだ
なにもなかったが
そこには　おわんごの海があった

おわんごの海に

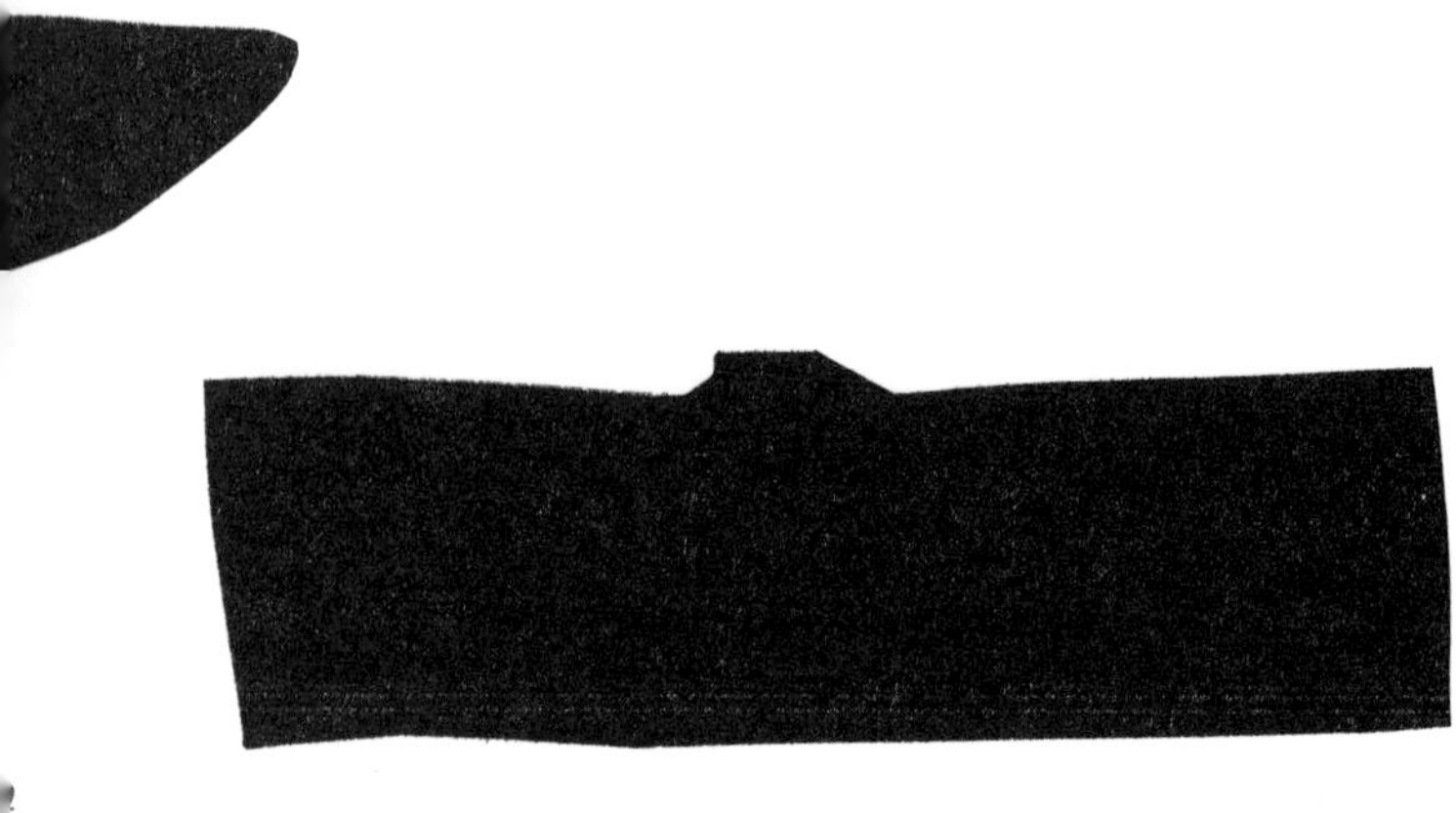

ひとかかえもある太い流木が　流れついていた
焼酎飲みすぎたら　あかんで
たばこも吸いすぎたら　あかんで
と　その流木が大阪弁で言った
それはそうだ
それはいつだってそうだ
僕が死んだら　流木に生まれかわって
どこかの浜に流れつき
その浜に立っているもう一人の僕に
同じことを言ってやろう
おわんごの海に
ひとかかえもある太い流木が　流れついていた

梅雨入り

朝から一日

強い雨が降りつづき
僕達の住む島は梅雨に入った
これから　僕達は　長い雨の中で
雨について
降り下る水について
しみとおる水について
流れてゆく水について　学ぶのである
雨と　それを受ける樹について
あじさいの花について
水の普遍性について　学ぶのである
朝から一日
強い雨が降りつづき
僕達の住む島は　梅雨に入った

ガクアジサイ　その一

雨の藪《やぶ》で
ガクアジサイの　白い可憐な花が
咲いている
あまりひどく　雨に濡れているので
真理が　そこにあることを
誰も知らない
雨の藪《やぶ》で
今年もガクアジサイの花が　咲いている

ガクアジサイ　その二

雨の藪で
ガクアジサイの　白い清らかな花が

咲いている
わたくしと自然との　境い目が
その花の中で　消える
雨の藪で　びっしょりぬれて
ガクアジサイの花が
咲いている

ひとつの夏

ひとり　ひとりの人が
ひとり　ひとりの顔を持っているように
ひとつの夏は
ひとつの顔を持っていることを　忘れてはならない
去年の夏
海には魚があふれていたが
今年の夏

海に魚影はない
去年の夏
あなたは海に泳いでいたが
今年の夏
海は泳がれることを拒否している
去年の夏
あなたはまだ生きておられたが
今年の夏
あなたは　もうここにはいない
ひとつの台風が　海をかきまぜ
山々を暗くし
核廃絶の願いのみが　正しく世界を流れている
去年の夏
夾竹桃の花は美しく咲いたが
今年の夏
一輪のプルネリアの花が　むしろ祀られている
三つの仏桑花《ハイビスカス》の花が咲き
五つの悲嘆が流れている

ひとつの夏は
ひとつの顔を持っていることを　忘れてはならない
失望してはならず
希望することも　許されてはいない
四十年前には
広島・長崎の夏と呼ばれる　ひとつの夏があった
玉音放送を聞いて　号泣して土手を走る　ヤチヨさんを見た夏でもあった
あなたが初めて自力で　海に泳いだ夏であった
この夏
あなたの眼は深く閉ざされ
核廃絶を　正しく祈ることが初めて行われている
プルネリアの花
夾竹桃の花　サンダンカの花
ここには初めて祈るものの夏があり
これまで祈らなかった　罪深いもののひとつの夏がある
海に魚の影はなく
山に時計草の実も熟さない
ひとつ　ひとつの夏は

ひとつ　ひとつの顔を持っていることを　忘れてはならない
この世に　核兵器という悲惨があることを
忘れてはならない
すでに四十年前にひとつの正しい祈りが流れ
ただそれだけが今もなお流れていることを　忘れてはならない
あなたの今年の夏を
正しく看《み》つめなくてはならない

草刈り

山で　山羊の草刈りをしていたら
好きだった
好きだった
嘘じゃなかった　好きだった
という古い歌が　口にでてきた
どうして　そういう歌がやってきたのか

自分でもわからず
その歌をうたいながら　草を刈った
二日たった夜明け前に
そのわけが急にわかった
この里を去ったゆりさんが
僕は本当に好きだったのだ
むろん　マーブルも嫌いじゃない
あの男は　じつにいい男だった
切ない男だった
マーブルとゆりさん一家は　六人の子供達を連れて
三週間前にこの里を去り　横浜へ帰って行った
七年半　ともにこの里に住んだが
この里では食べてゆけず
（誰だってこの里では食べてゆけないのだ）
横浜に帰って行った
山で　山羊の草刈りをしていたら
好きだった
好きだった

嘘じゃなかった　好きだった
という歌が　どこからともなく口にでてきた

畑にて　その一

鍬を打つ手を休めて
山を眺める
こんもりと　みっしりと繁った　名もない小さな緑色の山
その山の上を　二羽のとんびがゆっくりと舞い
いい声で啼いている
ああ　とんびは　人間が働けば働くほど　いい声で啼くものだ
鍬を打つ手を休めて
山を眺める
こんもりと　みっしりと繁った
緑濃い　その山を眺める

畑にて　その二

畑に鍬を打っている
畑は静かである
妻が畑におしっこをする
その姿も　静かである
畑に鍬を打っている
ミットクンが畑におしっこをする
その姿も静かである
畑に鍬を打っている
山に囲まれた小さな畑
秋じゃがを植える　小さな畑
畑に鍬を打っている
静かに鍬を　打っている

静かさについて

この世でいちばん大切なものは
静かさ　である
山に囲まれた小さな畑で
腰がきりきり痛くなるほど鍬を打ち
ときどきその腰を
緑濃い山に向けてぐうんと伸ばす
山の上には
小さな白雲が三つ　ゆっくりと流れている
この世でいちばん大切なものは
静かさ　である
山は　静かである
畑は　静かである
それで　生まれ故郷の東京を棄てて　百姓をやっている
これはひとつの意見ですけど
この世で　いちばん大切なものは

静かさ　である
山は　静かである
雲は　静かである
土は　静かである
稼ぎにならないのは　辛いけど
この世で　いちばん大切で必要なものは
静かさ　である

土

土は　静かである
土の静かさは　深い
人間の　どんな沈黙よりも
土の沈黙は　さらに深い
鍬という
人間の道具をたよりに

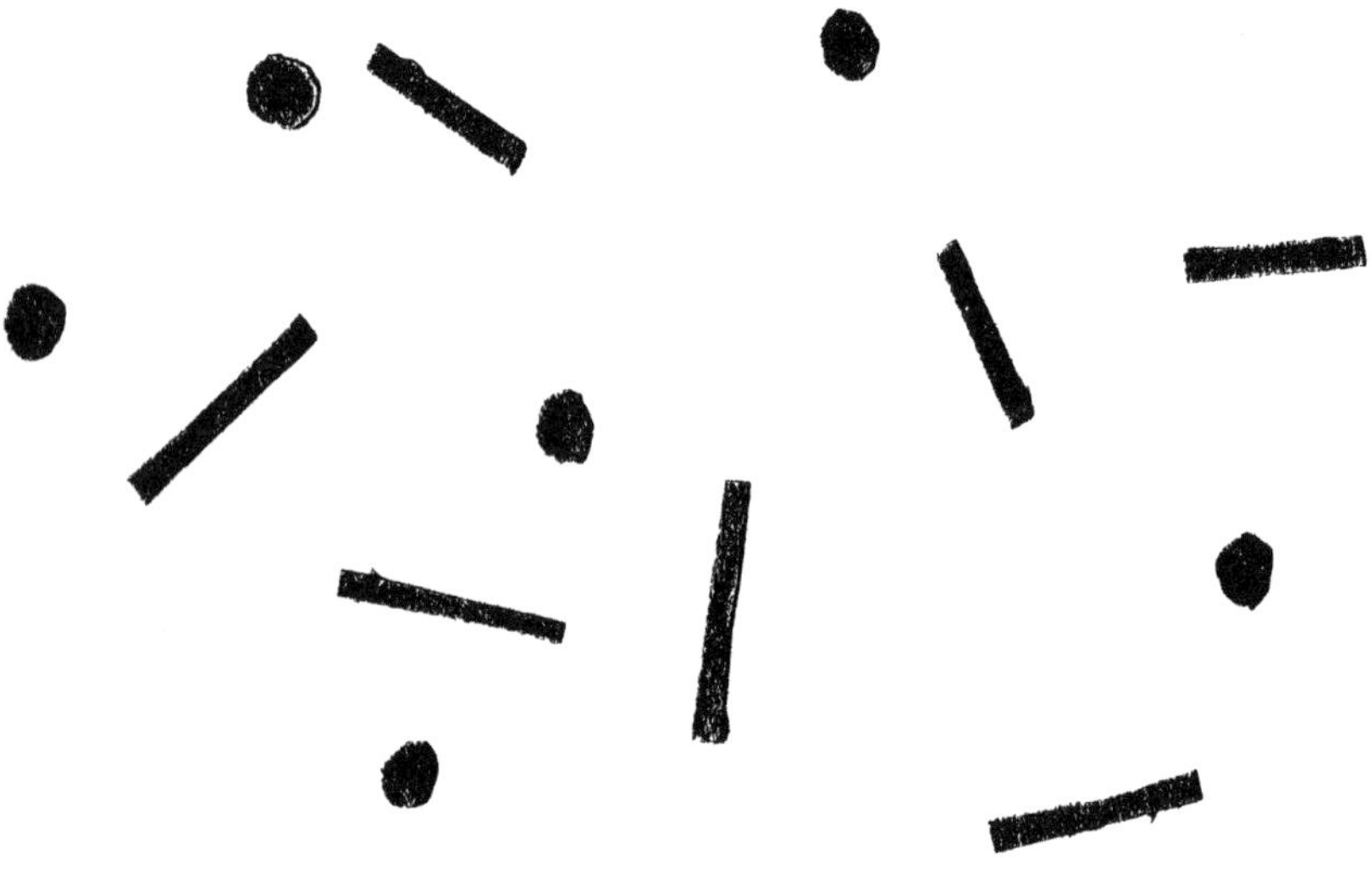

その沈黙を掘る
まるで夢のよう　まるで祈りのよう
ただひとつの
いまだ知られぬ　静かさを掘る

月を仰いで

山に　月が沈む
山に　月が帰ってゆく
その最後のひかりから
わたくしの　いのち　がはじまる
黒々とした山に
月が沈む
月が帰ってゆく
その最後のひかりから
わたくしの　真の名　がはじまる

山に　月が沈む
山に　月が帰ってゆく
その最後の　ひかりから
不可思議光佛　が　はじまる

空気の中に

空気の中に
指で
南無阿弥陀佛　と
書いてみる
すると　不思議なことに
空気の中に
南無阿弥陀佛が　おられる

風

——伊藤ルイさんへ——

今年はじめての　北西風が
ごおごおと　山を吹き荒れている
わたくし達の歴史をとおして　見られつづける
国という力による　わたくし達の生活と生命《いのち》の圧殺に対して
またもや激しい怒りが　沸きおこってくる
その青白い炎を
けれども　下腹に息を止め　肩の力を抜いたひとつの姿勢で
またもやわたくしは耐えねばならない
怒りを
怒りとして　悲しく耐えねばならない
そしてそこにあるものを
国ではない　新しい郷《くに》づくりへと燃焼させつづけねばならない
今年はじめての　北西風が
ごおごおと　ごおごおと　山を吹き荒れている

いろりを焚く　その一　――亡き父に――

いろりを焚く
いまはひとりの山人《やまびと》となって
静かに　静かに　いろりを焚く
音もなく燃える　明るい火色《ひいろ》の内には
それがわたくしである　時のない時がある
南無不可思議光佛
南無尽十方無碍光如来
静かに　こころをこめて　いろりを焚く
明るい火色《ひいろ》の内には
わたくしの成就であり　わたくしのわたくしである
太古からのいのちがある
いろりを焚く
いまはひとりの山人《やまびと》となって
静かに　静かに　いろりを焚く

いろりを焚く　その二

いろりを焚く
いまはひとりの百姓となって
この世に　なんの楽しみがあるわけでもなく
静かに　静かに　いろりを焚く
音もなく燃える　明るい火色の内には
それがわたくしである　喜びの時がある
わたくしの死のその時でさえも
わたくしをして想わしめるであろう　そのわたくしが
明るい炎の内で燃えつきてゆく
夜ごとに行なわれる　死の練習
いろりを焚く
いまはひとりの百姓となって
静かに　いろりを焚く
南無不可思議光佛を焚く

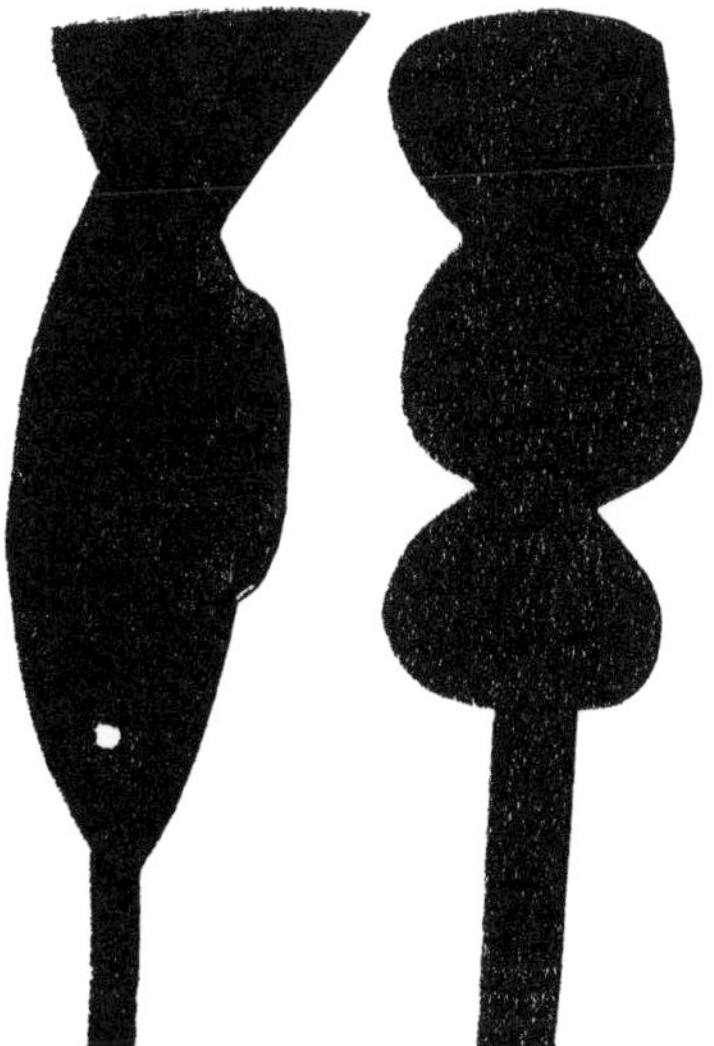

いろりを焚く　その三

火が燃えていないとき
いろりは　ただ灰の世界である
火が燃えるとき
そこには　火がやってきて燃えている
夜がふけて
やがて火は　暖かい灰となり
朝には冷たい　灰となる
いろりは　そのことをくりかえす
そのことを　くりかえし習うことがうれしくて
夕方になると
毎日いろりを焚く
心をこめて　静かに　いろりを焚く

いろりを焚く　その四

家の中にいろりがあると
いつのまにか　いろりが家の中心になる
いろりの火が燃えていると
いつのまにか　家の中に無私の暖かさが広がり
自然の暖かさが広がる
家の中にいろりがあると
いつのまにか　いろりが家の中心になる
いろりの火が　静かに燃えていると
家の中に無私の暖かさが広がり
平和が広がる
それは　ずっと長い間　僕が切なく求めつづけてきたもの
家の中にいろりがあり
そこに明るい炎が燃えていると
いつのまにか　その無私が　家の中心になる

いろりを焚く　その五

いろりを焚いていると
中学二年の良磨《ラーマ》がやってきた
うう　けぶいけぶい――
でも暖かいなあ　風呂に入っているようだなあ――という
いろりを焚いていると
四歳の道人がやってきて　まねをして
うう　けぶいけぶい――
でも　あたたかいなあ　おふろにはいってるようだなあ――という
いろりを焚いていると
小学六年生のラーガがやってきて
わあ　あったかーい――と娘らしくなった声でいう
いろりを焚いていると
高校二年の次郎がやってきて
くつしたをはいた足をぬっと火の上に突き出し
あったけえ――という

いろりを焚いていると
中学三年の無口なヨガがやってきて
黙って　手をかざしてあたっている
いろりを焚いていると
妻がやってきて
片わらに正座して　静かに茶を飲み
ああおいしい——という
いろりを焚いていると
いろりを焚くことが　おまつりである

いろりを焚く　その六

いろりを焚く
〈意識《コンシャスネス》〉ということばや
〈進化《エボリューション》〉ということば
〈地球性《グローバル》〉ということばや

〈調和《シナジー》〉ということば　〈共時性《シンクロニシティ》〉ということば
ニューエイジサイエンスのことばをそこにくべながら
いろりを焚く
〈全包括的《ホリスティック》〉ということばや
〈水瓶座《アクエリアス》の時代《エイジ》〉ということば
〈形態形成場《モルフォジェネティックフィールド》〉ということばや
〈織り込まれた《インプリケイト》秩序《オーダー》〉ということば　〈地球生命圏《ガイヤフィールド》〉ということば
ぼくらの時代の最先端のことばを　そこにくべながら
ひとりの貧しい百姓として
いろりを焚く
すべてのことばはよく燃え
明るい炎となって疲れた腰を暖めてくれるが
〈進化《エボリューション》〉ということばだけは燃えきらず
性悪のゴメジョの木のように　ぶすぶすと煙をあげる
ゴメジョの木の葉は　山羊を養い　乳となり
仔山羊を養い　ぼくらを養ってくれる善い木であり
不思議の木の葉でさえもあるが
燃やすとなると　ここらの百姓はだれも振りむかない

煙ばかりぶすぶす吐いて
決して炎にならない　常に湿りきっている木であるからだ
地のものに
〈進化《エボリューション》〉ということばはいらない
それはいつでも　選ばれたもののための　選ばれたものによることばであったからだ
けれどもやはり　いろりを焚く
いろりに煙はつきもの
生きている　生《なま》の火が見たいから
生きている　生《なま》の火でありたいから
涙をこぼしながら　いろりを焚く
〈意識《コンシャスネス》〉ということばや
〈進化《エボリューション》〉ということば
〈地球性《グローバル》〉ということばや
〈調和《シナジー》〉ということば　〈共時性《シンクロニシティ》〉ということば
時代の新しいことばを　そこにくべながら
今晩も　ひとりの貧しい山人《やまびと》として　いろりを焚く

いろりを焚く　その七

いろりを焚く
二本の太木《ふとぎ》を　間《ま》をあけて並べ
その真中で　いろりを焚く
その真中で　よく乾いた細木を燃やしていると
やがて炎は太木《ふとぎ》に移り
ゆっくりと　じわじわと　二本の太木《ふとぎ》が燃えはじめる
そうなれば　しめたもの
右と左の太木《ふとぎ》の熱にはさまれて
その真中で
静かに　いろりが燃えあがる
静かに　いろりが燃えるとき
じつは静かに　わたくしが　燃える
両側の太木《ふとぎ》が　たのもしい
阿弥陀経と　法華経がたのもしい
ラーマクリシュナと　ラマナ・マハリシがたのもしい

老子と荘子が　たのもしい
亡き父とまだ在る母が　たのもしい
天と地とが　たのもしい
二つあることが　たのもしい
いろりを焚く
二本の太木《ふとぎ》を　間《ま》をあけて並べて
その真中で
今晩も　心をこめて　いろりの不思議を焚く

いろりを焚く　その八

いろりを焚く
この島にも雪が降り
雪がみぞれにかわり　雨にかわり
その雨がまたあられにかわり　風にかわり
雷鳴にかわり

そのありがたい屋根の下で　いろりを焚く
山々はもう真白
けれども屋根の下で
いのちを込めて
いのちをそこに置いて　いろりを焚く
縄文の火を焚く
わたくしを焚く
こんなことになろうとは
若い日々には思っていなかった
若い日々には　人間と交わろうとこそ願ったが
火の神秘と交わろうなどとは　少しも思っていなかった
いろりを焚く
真暗な北西風が　ごおごおとうなる屋根の下で
このいのちの　いろりの神秘を焚く

冬至

いろりを焚いて
冬至かぼちゃの小豆を煮る
ぐつぐつぐつぐつ
水を足しては　火を落としてゆっくりと小豆を煮る
小豆の煮える匂いが
煙といりまじって　家中に流れている
年の暮れになると
いつにもまして極貧となる　子だくさんのわが家であるが
いろりには　火が燃えており
家の中には　小豆を煮る匂いが流れており
まして明日《みようにち》からは
一日一日と日足が伸びる
ごんづまりの　善き日
ごんづまりの　しあわせ
いろりを焚く

いろりを焚いて　冬至かぼちゃの小豆を煮る

任意団体日本いろり同好会十ケ条

ひとつ　いろりを焚くこと
ひとつ　いろりを見つめること
ひとつ　いろりで湯をわかすこと
ひとつ　いろりで大根を煮ること
ひとつ　いろりで小豆を煮ること
ひとつ　いろりで縄文の火を燃やすこと
ひとつ　いろりで二十一世紀を迎えること
ひとつ　いろりをきれいに保つこと
ひとつ　いろりを焚くまえに　できれば合掌するか　柏手をうつこと
ひとつ　いろりを絶やさないこと

真事《まこと》　その一

いろりを焚いていると
それは
いろりを焚くという　真事《まこと》であった
明かるい炎と
炎の底の　黄金色の燠《おき》の輝きに　導かれて
またしても　わたくしがわたくしである　真事《まこと》であった
わたくしの孤独が
眼前の　明るい炎であり
炎の底の　黄金色の燠《おき》の輝きであることを
これまでは　決してしらなかった――
いろりを焚いていると
真事《まこと》　ということばに　出会ってしまった

真事《まこと》　その二

草を刈れば
草を刈ることが　真事《まこと》であった
雨が降れば
雨が降ることが　真事《まこと》であった
いろりを焚けば
いろりを焚くことが　真事《まこと》であった
島人に会えば
島人に会うことが　真事《まこと》であった
真事《まこと》の　しばり
真事《まこと》の　旅
ぼくがここに在れば
ぼくがここに在るという　真事《まこと》であった
真事《まこと》の　しばり
真事《まこと》の　旅
草を刈れば

草を刈ることが　真事《まこと》であった
いろりを焚けば
いろりを焚くことが　真事《まこと》であった

真事《まこと》　その三

死んだ父が
写真の中で　夢のように優しく微笑んでいる
それが真事《まこと》
死んでゆくぼくが
妻を　かつてなく愛している
それが　真事《まこと》
いろりを焚く
今晩も
静かに　風の音を聴きながら　いろりを焚く
それが　真事《まこと》

二人

妻と二人で
黙って　いろりの火を見ていた
いろりでは
太い二本の木が寄りそって
静かに炎をあげていた
やかんの湯はしゅんしゅんと沸き
ほかに物音とてはなかった
もう　真夜中をとうに過ぎていたが
あんまり静かに
美しく火が燃えるので
いろりを消すことが　できなかった
妻と二人で
いろりの火を　いつまでも見ていた

海

妻と　やがて五歳になる道人と
いつもの三人組で　谷筈《やはず》の海に行った
海岸で
妻と道人は　段ボール箱に砂を集めていた
ニワトリに食べさせ　また砂浴びさせるための砂であった
僕は　長い三本の流木を見つけ
それを鋸で引いていた
夜になって　いろりで燃やすためであった
風はなく　海は静かな青灰色《せいかいしょく》であった
ひと気はなく　海は広々と静かであった
うす陽の洩れる　一月の午後
妻と道人と
いつもの三人組で　やがて二十一世紀になるのだけれど
いつもの不思議な　海に行った

美しい椿《つばき》

——ロレインに——

去年のお正月
椎木山の観音道場で
美しい椿
と　書き初めをした
今年のお正月は　もう終ったが
山には
美しい山椿の花が　咲いている
その一枝を折ってきて
わたくしの観世音菩薩に　それを活けた
南無観世音菩薩と　礼拝し
顔を上げると
そこに
美しい椿——

椿《つばき》

椿の花が　咲いている

やがて五歳になる道人に
その椿の花をもいで　そのつけ根をなめさせた
ね　あまいだろ　蜜があるだろ
うん　あまい
でも　げんこつばなだって　あまいよ
と　道人はこたえた
ぼくはまだ　げんこつ花をなめたことがない

椿の花が　咲いている

水

ぼくが水を聴いているとき
ぼくは　水であった
ぼくが樹を聴いているとき
ぼくは　樹であった
ぼくがその人と話をしているとき
ぼくは　その人であった
それで　最上のものは　いつでも
沈黙　であった
ぼくが水を聴いているとき
ぼくは　水であった

芯《じん》

道ばたに
この島で芯《じん》と呼ぶ
堅くて太い　木芯《もくしん》が転がっていた
なかばは朽ちていたが
なぜか心を引かれたので　拾ってきておいた
今晩
それを焚いた
なかば朽ちてはいたが　さすがに　芯《じん》であった
火の力は強く　煙は少なく
炎は小さく　持続力は長く
久しぶりに　深々とした縄文の火が　燃えた
道ばたに
この島で芯《じん》と呼ぶ　堅くて太い木芯《もくしん》が転がっていた
なかばは朽ちていたのだが
見つけたので拾ってきておいた

今晩
それを焚いた

真夜中を過ぎて
芯《じん》は　とうとう燠《おき》になった
炎をあげることをやめ
純粋黄金色の　燠《おき》となった
すでに充分焚きつくしたので
わたくしは　眺めることをやめ　立ち上がって電燈を消した
その瞬間
闇の中で
燠《おき》は不意に五千年の時を貫き
縄文の火　そのものと　なった
にんげんの火　そのものと　なった
おごろいて　ふたたびいろり端に座りこみ
暗闇の中で
なお一時間　その芯《じん》の燠火《おきび》を眺めた
なかば朽ちてはいたが　さすがに芯《じん》であった

島人が尊敬をこめて
芯《じん》と呼ぶわけが　心から了解された

桃の花

――寺田猛・久美子さん祝婚――

桃の花が　咲きはじめた
青く澄みわたった空にむけて
わたくしの真実であり
わたくし達の真実である
桃の花が　咲きはじめた
深い森のほとり
美しい海のほとりの　この島に
二輪の桃の花が　咲きはじめた
わたくしの真実であり
わたくし達の真実である
清らかな　桃の花が　咲きはじめた

桃の木

桃の花が　盛りをむかえた
満開の　その桃の木の下に立つと
だれでもが　幸せな気持になった
その幸せは
古代社会の幸せであり
女の人の幸せであり
縄文時代の　幸せであった
青空の中に
桃の花が　盛りを迎えた
満開のその桃の木には
わたくし達の幸せが　花となって咲いていた

夜明け前

夜明け前のひとりの中で
やがてあなたに帰り
あなたの足元に帰った
あなたの下まぶたには　涙がいくつぶも光っていた
あなたの定印《じょういん》は　しかしながら清らかで
静かに　力強く　結ばれてあった
十年前と同じく
二十年前と同じく
世界には　苦しみがみちており
喜びもまた　ひとしくみちていた
十年前と同じく
二十年前と同じく
世界には　苦しみと喜びが共存していた
そしてこれが　私の偽りのない　歩みであった
なむ　ふかしぎこうぶつ——

夜明け前のひとりの中で
あなたに帰り
あなたの御名を　ゆっくりと噛みしめた

子守歌（道人発熱）

子よ　泣くな
子よ　泣くな
山には　こわいことはない
山には　こわいことはない

母さん　泣くな
母さん　泣くな
海には　こわいことはない
海には　こわいことはない

子よ　泣くな
子よ　泣くな
みちとよ　泣くな
山には　こわいことはない

道人の作った替え歌

めだかの　がっこうは　かわのなか
だあれが　せいとか　せんせいか
だあれが　せいとか　せんせいか
みんなで　くすくす　わらってる
みんなで　くすくす　わらってる

びろう葉帽子の下で

トッピョイチゴ

トッピョイチゴの　二メートルもある藪をかき分けて
トッピョイチゴを採り　トッピョイチゴを　食べる
幼児学級帰りの　道人と二人——
お店には　甘くて大きいダナーイチゴを売っているが
あれにはノーヤクがかかっているし　甘いだけだし
だいいちお金がないと　買えない——
山の道で　海の道で
トッピョイチゴの　棘だらけの藪をかき分けて
道人と二人で
親指の先ほどもある　大きなトッピョイチゴを
二十個も　三十個も食べる
大漁だね　大漁だね　といいながら
黙って　笑って食べる
これは　ぼくの縄文の道のひとつの到達点
道人の人生の出発点

二人でなかよく
心の内でくすくす笑いながら　食べる
トッピョイチゴ

只管打坐《しかんたざ》

びろう葉帽子の下で
草取りをする
陽は　熱く照り
さわやかに　風は吹きわたる
誰もいない　野
誰もいない　畑
只管《ひたすら》に草を取る
びろう葉帽子の下で
死すべき　わたくしの時を取る

びろう葉帽子の下で　その一

びろう葉帽子の下で
じゃがいもを　掘る
びろう葉帽子の上には
みっしりと夏の陽が　照りつけているが
びろう葉帽子の下では
静寂浄土が　広がり
じゃがいもが　掘られている
ものいわぬ　わたくしが掘られている
びろう葉帽子の下で
じゃがいもを　掘る

雲のかたち

風が強く
山の上から　雲がごんごん流れてきた
道人と妻と三人で
草の上で　その雲を眺めた
あっ　ヤギだ
道人が叫んだ
山羊が牛になったぞ
僕がいった
ほんとだ　ウシになった
道人がいった
あっ　さかさまの猫だ
僕がいった
ほんとだ　さかさまのネコだ
道人がいった
あっ　こんどはウマがきた

道人が叫んだ
ほんとうに　馬がきていた　大きなたてがみのある馬だった——
じゃがいも畑の　三時のお茶のひと休み
雲は　つぎからつぎへと流れ
山は動かなかった

かみさま

びろう葉帽子の下で　じゃがいもを掘っていると
道人がそばにきて
ちきゅうは　だれがつくったの　とたずねた
かみさまだよ
鍬の手を休めずに　僕は答えた
じゃあ　くもはだれがつくったの　と　またたずねた
かみさまだよ
僕は答えた

じゃあ　じゃがいももかみさまがつくったの？
そう　かみさまがつくったの
ふーん　じゃあかみさまは　なんでもつくるの？
アイスクリームも？
そう　みんなかみさまがつくるんだよ
へぇー　かみさまって　すごいひとだね
そう　かみさまってすごいひとなんだよ
ぼくは鍬の手を止めて
道人の胸の奥に眼をやって
そのかみさまは　ミチトの胸の中に住んでいるのだよ　といった

びろう葉帽子の下で　その二

びろう葉帽子の下で
じゃがいもを　掘る
鍬を入れるたびに

いくつものじゃがいもが　掘り起こされる
これは
百姓でもなければ　仕事でもない
ひとつの事実
ひとつの孤独
くりかえされる神秘
くりかえされる必然
びろう葉帽子の下で
今日もまた　じゃがいもを掘る

びろう葉帽子の下で　その三

びろう葉帽子の下で
じゃがいもを　掘る
物言わず　じゃがいもを掘る
（チェルノブイリの灰降り）

百の怒りが
わたしの内に　ないわけではない
（チェルノブイリの灰降り）
また百の悲しみが　ないわけでもない
それらに　身と心をゆだねないために
また　じゃがいも自身を掘るために
びろう葉帽子の下で
じゃがいもを　掘る
びろう葉帽子の上には　四十度の直射日光が降っているが
びろう葉帽子の下には
冷たく湿った土と　じゃがいもであるわたくしがある
（チェルノブイリの灰降り）
百の怒りが　ないわけではない
また百の悲しみが　ないわけでもない
びろう葉帽子の下で
呼吸をととのえ　物言わず　じゃがいもを掘る

びろう葉帽子の下で　その四

びろう葉帽子の下で
なむ　かんぜおんぼさつ　と　となえる
かんぜおんぼさつとは
悲しみを価値とすること　その発露を価値とすること
静かさを価値とすること　の
別の呼び名である
びろう葉帽子の下で
なむ　かんぜおんぼさつ　と　となえる
すると不思議なことに
悲しみを価値とすることも
静かさを価値とすることも　消えて
かんのんさま　という
静かに　眼を伏せた世界が　やってくる
びろう葉帽子の下で
雑草にみちた畑で

今日もまた　ものいわぬ　じゃがいもを掘る

びろう葉帽子の下で　その五

びろう葉帽子の下には
島唄　という名の絶望がある
絶望という　激しい実情がある
びろう葉帽子の下には
だから
唄　がある
絶望しても　生きて行かねばならぬから
絶望してはならない　唄のわけ　がある
昔の　ショドンヌナガハマ
今の　チェルノブイリ
びろう葉帽子の下には
島唄　という名の絶望がある

びろう葉帽子の下で　その六

びろう葉帽子の下で
じゃがいもを　掘る
ぞうりもとうとう脱ぎすてて
はだしになって
静かに鍬を振るう
広がる海
動かぬ積乱雲
びろう葉帽子の下で
じゃがいもを掘る
生きることとは　静かな呼吸の時に在ること
静かな呼吸の時に　入ること
びろう葉帽子の下で
とうとうぞうりも　脱ぎすてて
はだしになって　鍬を振るう

びろう葉帽子の下で　その七

びろう葉帽子の下で
じゃがいもを　掘る
わたくしを　掘る
この　真夏の日盛りゆえに
あたりの畑には人影もなく
かげろうだけが　しんしんと　またしんしんと燃えている
この　豪華な日盛りゆえに
（チェルノブイリのたくらみ　焼きつくせ）
びろう葉帽子の下で
じゃがいもを　掘る
わたくしを　掘る

びろう葉帽子の下で　その八　――ルイさんに――

ただの　なんのへんてつもない
びろう葉帽子
奄美大島の倒産した問屋が放出した
手作りの
びろうの葉で編んだ　びろう葉帽子
それなのに　それをかぶれば
その瞬間から
敗れ去って行ったものの　不可思議の力がはじまる
わたくしが　わたくしであるということは
必ず　敗れ去ったもののもとにある　ということ――
そして
その同じ瞬間に
喜びが　はじまる
生きてあることの　美しいできごと　がはじまる――
ただの　なんのへんてつもない

びろう葉帽子
びろう葉帽子の下で
ゆっくりと鍬を振り　じゃがいもを掘る

びろう葉帽子の下で　その九

びろう葉帽子の下で
肥桶《こえおけ》を運ぶ
天びん棒を肩に　肥桶を運ぶ
びろう葉帽子の下で
肥を運んでは　肥をまく
青々とした　大きな葉っぱの　里芋畑に肥をまく
スイカ畑に肥をまく
黒々とした実をつけている　ナスの株間に肥をまく
ピーマンに　シシトウに肥をまく
原子力発電所にふちごられた　この二十世紀の後半に生きて

わたくしには　それ以外には歩むべき方途がないのだから
心をこめて
里芋や　スイカやナスに　肥をまく
この里に　肥をまく
びろう葉帽子の下で
ゆっくりと肥桶《こえおけ》を運び　ゆっくりとわたくしをまく

びろう葉帽子の下で　その十

びろう葉帽子の下で
じゃがいもを掘る
はだしの足を　土の中に突っこんで
一鍬一鍬　じゃがいもを掘る
それは
ニカラグアのインディオ達の　深い怒りへの共感と連帯であり
アイヌモシリの人々の　深い悲しみへの共感と連帯であり

統治　というものがない世界へ向けての
わたくしひとりの　常にささやかな出発である
びろう葉帽子の下で
じゃがいもを　掘る
すねまでもかぶさってくる　土の感触を喜び
その自由を　味わいつつも
ひとつの　ぬきさしならない悲しみと共に
憤りと共に
じゃがいもを　掘る
びろう葉帽子の下で
じゃがいもを　掘る
そのじゃがいもは
わたくしの最終の　悲しみと憤りであり
最終の　共感と連帯である
祈りである
はだしの足を　土の中に突っこんで
びろう葉帽子の下で
一鍬一鍬　じゃがいもを掘る

びろう葉帽子の下で　その十一

——M・エンデと坂村真民さんに——

びろう葉帽子の下で
草を刈る
四頭の山羊達に食べさせるための
クズの葉
ススキ
イヌビワの枝　ムラサキシキブの枝
丈高いヨモギを刈る
誰もいない　岬の道で
海を真下に
草を刈る
なおも
なおも　信じなければならぬ
ファンタージェンの郷《くに》を
詩国を
ほとけの浄土《くに》を——

びろう葉帽子の下で
わたくしゆえの　悲しみと憤りにまみれて
草を刈る
四頭の山羊達に食べさせるための
美しいススキを刈る
ものいわぬクズのつるを刈る
つやつやと光るイヌビワの枝葉を刈る
なおも
なおも　信じなければならぬ
ファンタージェンの郷《くに》を
詩国を
ほとけの浄土《くに》を
今　そして　ここを――
びろう葉帽子の下で
草を刈る

びろう葉帽子の下で　その十二

びろう葉帽子の下で
国ではなくて
郷《くに》を　思う
畑の草を刈りながら
畑の土を掘りながら
日本の郷《くに》と　つぶやいてみる
わたくしの郷《くに》と　つぶやいてみる
びろう葉帽子の下で
そうつぶやくと
まるで　祖国を想うヴェトナムやカンボジアの　難民たちのように
なぜか　涙があふれてきた

びろう葉帽子の下で　その十三

びろう葉帽子の下で
石を握る
その石を
わたくしに不用であり
わたくし達に不用である原子力発電者達に
打ちつけんとするが
石を握ってみれば
その石が　いのち
びろう葉帽子の下で
その石を
みずからの額《ひたい》に　受ける
びろう葉帽子の下で
石を握り
石を　受ける

びろう葉帽子の下で　その十四

びろう葉帽子の下で
山に還る
青く　背後にそば立つ
山に還る
その山が　たとえチェルノブイリの灰に汚染されているとしても
わたくしには　ほかに還るところがないのだから
山に還る
びろう葉帽子の下で
死期を迎えた動物のように
また　無心のカラスアゲハのように
山に還る
青く　背後にそば立つ
山に還る

びろう葉帽子の下で　その十五

びろう葉帽子の下で
草を刈る
四十五度Cの直射日光の下で
ブルーベリー畑の　草を刈る
急ぐことも
また　効用を求めることも不用
これは
わたくしが　わたくし自身であるがための
わたくしの核心であるための
仕事であり　哲学である
びろう葉帽子の下で
地に深く膝をつき
青々と繁る　美しい草を刈る

びろう葉帽子の下で　その十六

びろう葉帽子の下で
マムシを殺す
右手の鎌で　頭を押え
左手の鉈《なた》で　その首を切り
マムシを殺す
その赤い血が　地面に流れる
びろう葉帽子の下で
流れる赤い血を　惜しいと思う
その生血《いきち》こそ　養分の濃い飲みものなのだ
けれども
地面に口をつけて　その生血《いきち》をすするほどの気力は
もはや僕には　ない
びろう葉帽子の下で
マムシを殺す
この夏の　初めての獲物

褐色の肌に　黒い斑点のある　三角頭の
美しく　尊い
マムシを殺す

びろう葉帽子の下で
殺したマムシの皮をむき　内臓をはぎ
白身《しろみ》にして火で焙る
わたくしは
罪知らぬ　縄文人
しこうして　悲しいマムシの裔《すえ》
まだ　権力も天皇制も国家もなかった
広々とした大地と　山と海とを郷《くに》とするもの
びろう葉帽子の下で
殺したマムシの皮をはぎ
指で内臓をこさぎ落とし
まだ生きて動いているその白身《しろみ》を
火で焙る

びろう葉帽子の下で　その十七

びろう葉帽子の下で
汗にまみれて
草を刈っていると
いつのまにか　その腕に虻《あぶ》がとまっていて
シャツの上から　チクリと刺す
背中にも虻《あぶ》がとまっていて　チクリと刺す
びろう葉帽子の下で
汗にまみれて　草を刈っていると
刺しバエがやってきて
山羊にたかるように
シャツの上から　チクリチクリと　わたくしを刺す
おれは山羊ではないわい
人間だわい
怒り　悲しみ
虻《あぶ》を殺し　刺しバエを殺す

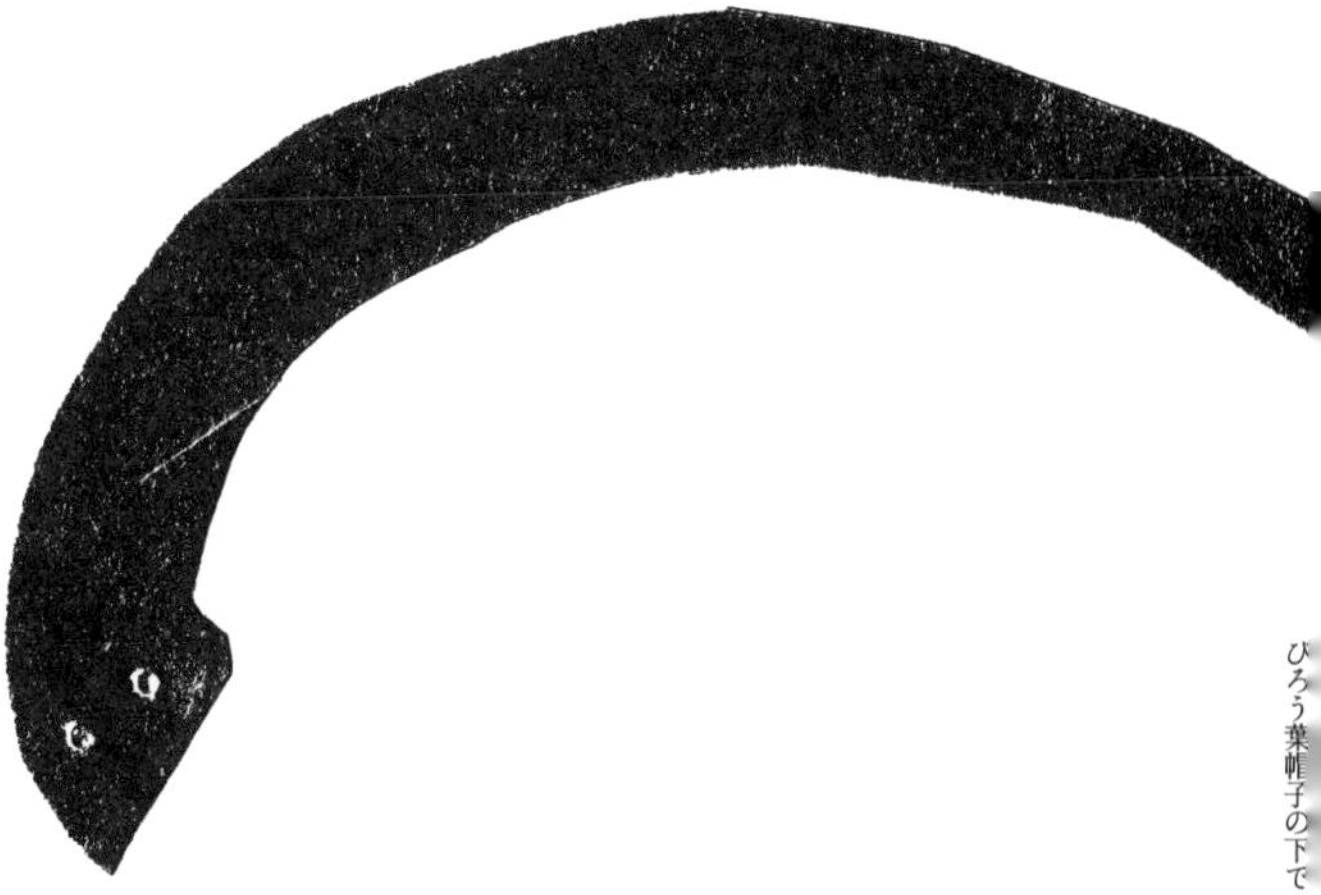

そのためにまた　激しく汗は流れる
汗が流れれば　それだけ虻《あぶ》や刺しバエが寄ってくる
冷房装置のもとの　書斎詩人の姿をチラと想い
想う自らを恥じる
びろう葉帽子の下で
汗にまみれて　草を刈り
虻《あぶ》に刺されて　虻《あぶ》を殺し
刺しバエに刺されて　刺しバエを殺す
わたくしに刺され　わたくしを殺す

びろう葉帽子の下で　その十八

びろう葉帽子の下で
絶望　ということばを
みだりに使っては　ならない
絶望とは　まさしく　死に至る病　にほかならぬのだから

びろう葉帽子の下で
何万年も消えぬ　スリーマイル島と　チェルノブイリの灰を足下に踏み
三十三基の日本原子力発電所の炎を足下に踏み
なおも
人間を希望として
わたくしとして
より深く　ただいまここに　在るほかはない
びろう葉帽子の下で
絶望　ということばを
決して使ってはならない

びろう葉帽子の下で　その十九

びろう葉帽子の下で
郷《くに》ということばと

郷人《くにびと》ということばを　つぶやく
奄美《あまみ》の郷《くに》
奄美の郷人《くにびと》
沖縄の郷《くに》
沖縄の郷人《くにびと》
アイヌの郷《くに》
アイヌの郷人《くにびと》
ホピの郷《くに》
ホピの郷人《くにびと》

びろう葉帽子の下で
郷《くに》ということばと
郷人《くにびと》ということばを
心をこめて　つぶやく
統治のない　郷《くに》
原子力発電所のない　郷《くに》
核兵器のない郷《くに》
その郷人《くにびと》のなりわい
びろう葉帽子の下で

パプアの郷《くに》
カリフォルニアの郷《くに》
コーカサスの郷《くに》
日本の郷《くに》
その郷人《くにびと》　そのなりわいと——
心をこめて　つぶやく

びろう葉帽子の下で　その二十

びろう葉帽子の下で
海を見る
ダウン「症」の息子を持つ弟が
ダウン「症」の子は　核兵器を作らないし　原子力発電所を作らない
それだけでも素晴しいこととおもわないか
と　言ったことがあった
そのとおりである

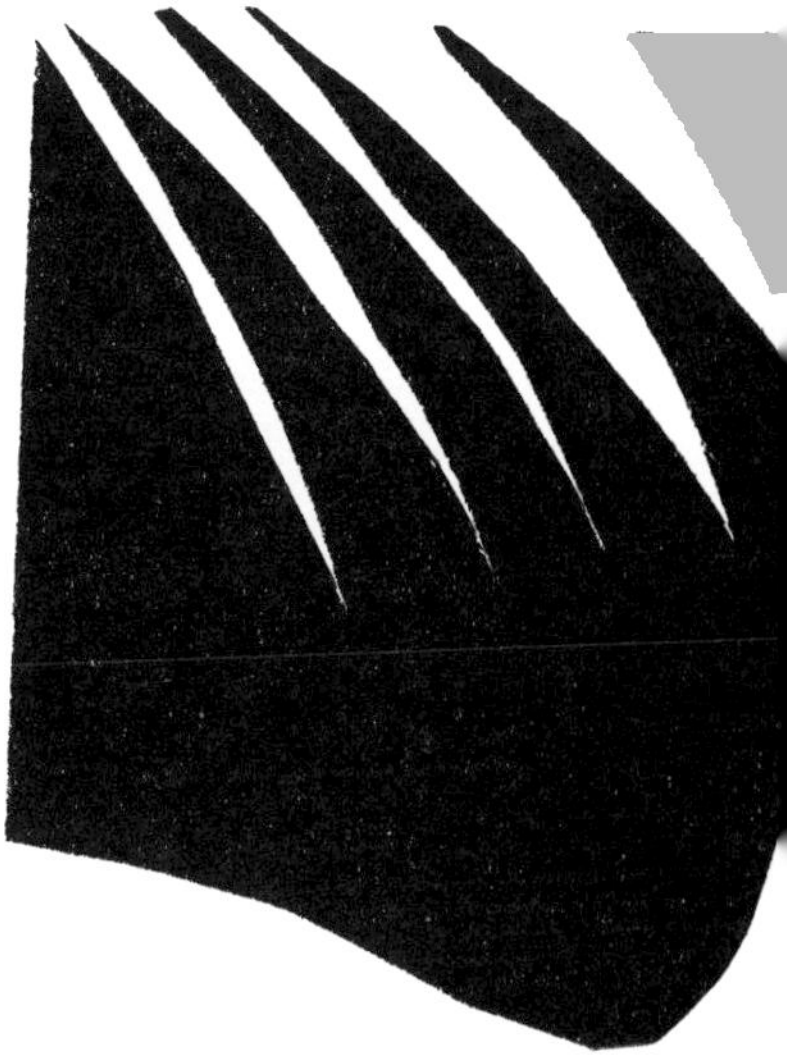

青々と広がる　海
びろう葉帽子の下で
じっと　海を見る

びろう葉帽子の下で　その二十一

びろう葉帽子の下で
海を見る
ヤマトンチュの嫁にはなるな　と言われて郷《くに》を出た
石垣島の美しい娘が
奈良の集まりで　石垣島の唄を唄った
ウチナンチュにしか唄えない
ウチナンチュの唄であった
そばには　心優しいヤマトの男の人がいて
ひたすら泪をこぼしていた
ヤマトンチュの嫁にはなるな

されば　ヤマントンチュをムコに取れ
ヤマントンチュをムコに取り
「進化」ではなくむしろ「退化」の　困難な祭礼に加われ
びろう葉帽子の下で
海を見る
じっと　青い海を見る

びろう葉帽子の下で　その二十二

びろう葉帽子の下で
海を見る
人々は進んで行く
世界へ　世界へ
宇宙へ　宇宙へと　めくらねずみのように　進んで行く
わたくしはむしろ退く
わたくしへ　わたくしへ

土へ　石へ　森へと退く
びろう葉帽子の下で
海を見る
じっと　源《みなもと》の海を見る

びろう葉帽子の下で　その二十三

びろう葉帽子の下で
海を見る
しんそこのわたくしのほかに
しんの光と　しんの希望の　生まれる場所はない
しんそこのわたくしを
なむ　ふかしぎこうぶつ　と呼ぶ
また　じんじゅっぽうむげこうにょらい　と呼ぶが
ときにはその力もなえて　呼ぶことを失う
そのようなときにも

海
びろう葉帽子の下で
じっと　青く広い海を見る

びろう葉帽子の下で　その二十四

——第三回バック　トゥ　ネイチュア　コンサートに——

びろう葉帽子の下で
山に登る
手すりのない　長いトロッコ橋を渡り
大岩をくりぬいたトンネルを脱けると
そこはすでに　この世ではない
山霊《さんりょう》の支配する　山の霊の世界
見上げる巨大な一枚岩から
幾すじもの霊水がしたたり落ち
古代のもうせんごけが　きらきらと光る

足元の崖下遙かには
原始のままの安房川《あんぼう》が蛇行する
ナナカマドの木が　異界を指標するがごとくに繁り
ノリウツギの白い花が咲き
精霊《ショウリョウ》クサギの花が咲いている
びろう葉帽子の下で
ゆっくりと歩きつづけて　ほぼ三キロ
小杉谷小学校跡に　至る
そこには　かつてこの世があった
そこで男達は　樹齢千年を越す屋久杉を伐りまくり
女達は飯を炊き
子供達は　学校へ通った
むろん商店があり　公衆浴場があり　映画館すらあったという
男達が　何千本何万本という屋久杉を伐り終り
もはや伐るべき樹がなくなって山を下ってから
この地は再び　昔ながらの山霊《さんりょう》の手に還された
小学校のだだっ広い校庭跡に
今は無人の　うす緑色の霊の風が吹いている

この世が滅びた悲しみと
この世が滅びた喜びの　ふたつながらを噛みしめながら
びろう葉帽子の下で
道を左方　翁《おきな》岳の方向へ進む
僕達の世界では　深い知恵を持った老人を翁《おきな》と呼ぶが
山霊《さんりょう》の世界では　それは不動の山自体を意味する
その山の方向へゆっくりと進む
やがて三代杉に至る
祖父なる巨杉が伐り倒された　その切株に
父なる巨杉が生い繁り　その父も伐り倒された二代目の切株に
子なる巨杉が　すっくと天を衝いているがゆえに
三代杉と　人は呼ぶ
人の三千年の年月を　山霊《さんりょう》の世界の生きものは
わずかに三代　祖父と父とその子において生きる
三千年前
すでに縄文式土器がこの世に現われていたが
天皇制はむろん　国家と国民の関係は　そこにはまだ見当たらず
日本列島の到るところには

竪穴式の住まいを作り　その真中にいろりを焚き
石器を作り　その石器で木を削り
船さえも作って食べものを集め
石の霊　木の霊　海の霊　川の霊　物言わぬ山の霊と共に呼吸をしていた人々の
小さな集落があった
びろう葉帽子の下で
安房《あんぼう》川の谷底は　さらに遙か彼方の崖下となり
すでに南の熊蟬は鳴かず
北のつくつく法師ばかりが鳴き静まる道を行く
尽く尽く法師
三日を唱《とな》え尽くして　土に還ってゆく　小さな小さなこの世の法師
この世の呼吸　この世の祈り
かすかに灰色の霧が流れてきて
大株歩道入口まであと三キロ　の標識を見る
びろう葉帽子をかぶりなおし
山に登るということは　じつは山に沈むことであると　識る
霧と雲の切れ間の遙か彼方に
一瞬　翁《おきな》岳の幻を見る

やがて　大株歩道入口に着く
そこには清らかな谷川が　とうとうと音たてて流れ
喉を渇らした人はその水を　その霊を手にすくっては何杯も飲む
平らな大花崗岩上に身を投げ出して
眼を閉じ　その岩の霊にしばし休らう
びろう葉帽子の下で
それまでのなだらかな登り道に別れを告げて
いきなり急峻な山道の登攀《とうはん》にかかる
いきなり濃くなってきた霧を
山霊《さんりょう》の厳粛な出迎えとして
最初はあえぎつつ　やがてはそこに呼吸を合わせて
一足一足　ゆっくりとそこに沈潜してゆく
森は深まり　巨木の影があちこちに姿を現わすが
それを見定める呼吸の余裕はない
岩から岩　苔《こけ》から苔《こけ》
いたるところから浸み出す涌き水の気に包まれて
人は意志ある　水となる
不意に　翁《おきな》杉に至る

根廻り一九・七メートル　樹齢推定三千年
灰色の霧が樹頂を閉ざして定かではないが
かすかに緑色の梢も見えて
この大きな虚《うろ》を持つ巨木が
やがて枯死する老木ではなくて
その内部に水を吸いあげ
その頂きに緑を繁らせる
生きて在る山霊《さんりょう》であることを　告げる
ごわごわとしたその木肌に額をつけて
人は　その霊に染まることを乞う
霧が　細かな雨に変わる
翁《おきな》　杉に別れて
びろう葉帽子の傘の下で
さらにうっそうと繁る森の道を沈んでゆく
すでにつくつく法師も鳴かず
森から浸み出す小さな流れだけが
ちろちろと静かな音をたてる
人は　少しずつ人であることを失い

ふたたび意志ある水となって　その道を登ってゆく
やがて　ウィルソン株に至る
根廻り十三メートル
すでに枯死した切株の虚《うろ》に入ると
そこには小さな神社が祀られており
地面をさらさらと水が流れている
その水を　ひとすくい飲む
切株は枯死していても　その水ゆえに切株は死なない
木霊《こだま》神社と
誰が呼んだか　切株にかかげられた小さな表額が
霧の雨に濡れている
死は　生の終りではなく　また始まりでもない
死は　霧のようなもの　雨のようなもの　また　水のようなもの
森の中の　森の出来事　ただの出来事
霊の中の　霊の出来事　ただの出来事
虚《うろ》の片隅に雨を除けて　しばしの休みを取る
びろう葉帽子の下で
すでに三時間の歩行と登攀《とうはん》が続き　休息が心地よい

死とはまた　枯死　深い休息のようなもの
さらさらと　水が流れている

びろう葉帽子の下で
雨が上がり　霧がはれるのを仰ぐ
一瞬の青空
しかしまた　すばやく白い霧がたちこめてくる
その霧は山の霊の呼吸　より深いもののより深い呼吸
明るくしっとりした森の中を
縄文杉目指して　ふたたび歩きはじめる
ヒメシャラの赤い巨木の肌が　不意に眼の前に現われて
そのあでやかさに　人は思わずそっと手で触れてみる
森と霧に閉ざされて　いささかもその姿を現わしてはくれないが
彼方にはこの島の主峰
母なる宮之浦岳が　そびえている
かつてわたくしは
あなたは母であるか父であるか　男神《おとこがみ》であるか女神《おんながみ》であるかと

宮之浦岳に問うてみたことがあった
もとより女神《めがみ》であると　やがて応えがあった
森の樹々たち
うっそうと繁る巨木大木の群れは
さすれば　その女神《めがみ》を讃える男神《おとこがみ》達であった
けれども　明るい赤い肌を持つヒメシャラの樹だけは
他の樹々とは異なっていた
ヒメシャラの樹は
宮之浦岳と性を同じくする　やさしい女霊《にょれい》の姿であった
その肌にそっと手を触れ
霊で冷やされた身心を　少しだけ人の身心に取り戻す
びろう葉帽子の下で
道はふたたび急峻な登りとなり
白い霧は　濃くなってはうすらぎ　濃くなってはうすらいで
ほとんご地上までも降りてきて　視界をさえぎったが
雨になることはなかった
やがて　大王杉に着いた
樹齢推定　三千年

大王杉の名にふさわしく　それはつやつやと輝く肌を持ち
黒くすっくと巨大に　天を衝いて繋っていた
山霊《さんりょう》の世界にも　王があるのではない
それは　この島の無垢の心の人々が
幼児のような讃嘆と　驚きをもって　思わずそう呼んでしまった
この世の呼び名
偉大なものを讃え　偉大なものと共に生きんとする
仮りの　憧れの呼び名
大王杉の根方に至り
急峻な登攀《とうはん》の疲れも忘れ
人はまたもやその肌に額をつけ
あなたがわたくしであり　わたくしがあなたであることを
あなたが　すべてのわたくし達であり　すべてのわたくし達が　あなたであることを
乞う
額をあげると
一瞬またも霧がはれ　青空がのぞいた
美しい青空
山霊《さんりょう》は霧となって現われ　また青空となっても現われることを

人は　識らないわけには行かなかった
しかしながら　ふたたび白い霧が空をおおい
森をおおい　わたくしをおおって　やがてまた細かな雨となった
雨と霧の中で　その雨もまた山霊《さんりょう》の現われであると　識るほかはなかった
びろう葉帽子の下で
びろう葉帽子を傘として
全身しっとりと濡れながら　水となりながら登ってゆくと
まもなく夫婦《めおと》杉に着いた
夫婦《めおと》杉の手前にはツガの巨木があり
その黒々とした輝く肌を　杉よりも好ましい男神《おとこがみ》の姿として
黒い精霊のようなものとして尊崇するが
その谷下からそびえ立つ　二本の巨木
一本の枝でしっかりと手をつないでいる　二本の巨木は
夫婦《めおと》という　ゆかしい呼び名に値するものであった
森の中の巨杉の夫婦《ふうふ》
何千年も人の言葉を交わさず
ただしっかりと手をつなぎ合って並んでいる　霊
ここは　黒いツガの木の森でもあるが

より深く　屋久杉の森であった
夫婦《ふうふ》に幸《さいわい》あれ　男神《おとこがみ》と女神《おんながみ》の　手をつなぐことに幸《さいわい》あれ
原初の姿に　幸《さいわい》あれ
ツガの木　モミの木　ヤマグルマ　サクラツツジ　ハイノキ
ミヤマシキミ　ヤクシマシャクナゲ
原初の霊は　それぞれの姿をなして　樹木としてそこにあり
夫婦杉《めおと》もまたそのようにして　そこにあった
男　神《おとこがみ》と女神《おんながみ》の　手をつなぐことに幸《さいわい》あれ
びろう葉帽子の下で
びろう葉帽子を傘として
さらに登攀《とうはん》はつづく
ここまでくれば　もう縄文杉も近い
しかしながら　近づけば近づくほど　それはまた遠い
樹齢推定七千二百年
その杉がこの世の生を受けたのは
縄文時代もまだ早期のことであった
イエスキリストはむろんのこと　ブッダも老子もまだこの世に現われておらず
むろん天照大神もまだその名で呼ばれず

太陽として照り　雨が降り
人々はただいのちある人々として　その下で
小さな里を作って真実に暮らしていた
マグロ　カツオ　ブリ　マダイ　クロダイ　ウナギ
アワビ　サザエ　マツカサガイ　カラスガイ　ヤマトシジミ
ミツバ　ウド　ゼンマイ　フキ　ヒョウタン
クルミ　ドングリ　トチの実　ヒシの実　モモ　クリ
シカ　イノシシ　カモシカ　カワウソ　テン　ウサギ
人々はそれらのものを狩り集めて食べ
アサやカジノキやコウゾ　アカソで編んだ衣服をまとい
頭には　ヤブツバキの木でこしらえ漆《うるし》をぬった櫛《くし》さえも飾っていた
しっかりした木造の家の中心には　盛んにいろりが燃え
大小の土器の中には　冬を越す食物が貯えられてあった
むろん　病気や死の不安があり　大きな天災の恐れもあった
餓死の恐れがあり　獣達におそわれる危険もあった
しかしながら　それは今の時代とてもおなじこと
そしてその頃には　核兵器の恐れも原子力発電所の犯罪もなかった
国家という人工の装置もなく

経済の魔力も支配してはいなかった
山は神であり　川は神であり　海は神であった
土が神であり　樹木が神であり　火が神であった
神とは生命《いのち》であり
生命《いのち》そのものが　その震動が神であった
びろう葉帽子の下で
また雨が止んだ
雨は止んだが　霧はますます濃いくなり
森じゅうが　しっとりとした白い髭《ひげ》におおわれているようであった
不意に　森が切れ
そこに縄文杉があった
縄文杉もまた霧に巻かれていたが
その霧は明るいほどに白く
黒々とそこに在る杉を　おおい隠すことはしなかった
霧に染まり　水と森に染まって　人はその妙に明るい空間に歩み入る
根廻り四十三メートル　樹高三十メートル
ごつごつとした　杉とも思えぬ巨体が　眼の前にあった
しかしながら人は　その巨大さに驚いていることはできない

驚きにきたのではなく　会いにきたのだから
見にきたのではなく　聴きにきたのだから——
人は　人の宝である米と土とをふところから出し
そのこぶだらけの根方に　そっと供える
あなたが生命《いのち》なら　わたくしも生命《いのち》　生命《いのち》であることは同じであるが
あなたの生命《いのち》は　あまりにも永く　深い
あまりにも霧たちや雨たちと　交わりつづけてきたためであろうか
あなたと霧は　まるで同じ種族に属するものであるかのようだ
祈りのことばは　なかった
祈りのことばは　霧
あなたを飾る　あなたの姉妹なる霧であった
人は立ち上がり
びろう葉帽子の下で
白い霧とともに　ゆっくりとあなたを右遶《うにょう》する
かつて八年前　初めてあなたを尋ね登った時には
あなたは　深い編笠をかぶった一人の老僧の姿を　示して下さった
その小さな老僧の姿は
なぜかインドの　サチャ・サイババと呼ばれた乞食僧の姿に　よく似ていた

わたくしは
あなたの内なる　編笠をかぶったその老僧を　驚きとともに受領した
三度目と四度目に尋ねた時には
あなたは　ガネシャ神の姿を示して下さった
ヴェーダ聖典をこの世にもたらしたと伝えられる
象面人身のガネシャ神
まごうかたないその大きなガネシャ神を　あなたの内に合掌した
このたびの五度目の登攀《とうはん》
どのように眼をこらしても　老僧もガネシャ神の姿も見当たらず
霧が濃くなってはうすらぎ　濃くなってはうすらぐばかり
あなたはついに　霧そのものとなってしまわれたか　と思われた
右遶《うにょう》七度目　七度目にあなたの囲りを廻った時に
不意に　あなたはライオンを示して下さった
前足を立て
すっくと首をたてて　眼を閉じているライオン
それは
ライオンではあったが　ライオンでなく　むしろスフィンクスであった
そのスフィンクスは　深く眼を閉じたまま

その眼尻から　涙を流しているかのようであった
びろう葉帽子の下で
深い森の静かさの中で
人は　ひとつの門を見る
その門は　さらに深くさらに濃い霧の流れる　はるかな森の奥へと至る門
人が記憶したことがらによれば
今からおよそ二百万年前　ホモ・ハビリス（猿人類）が
東アフリカ・タンザニアのオルドバイ峡谷で
ようやく石器というものを作り始めたという
その人とも猿ともわかたぬ　森の一日
森の年月——
人の意識の原初の　やわらかな水のような光
人の原初の意識の　焚火の炎のような至福
そこに立ち　その門に涙を流すスフィンクス——
びろう葉帽子の下で
——会うことは終り　聴くこともまた終った
ひとつの姿として　門が与えられた
ごちらが前で　ごちらが後とも判らぬ　円環の道に

前足を立て　眼を閉じるライオンの姿があった

霧深い縄文杉の木蔭で
びろう葉帽子の下で
人は　この世の遅い昼食をとる
玄米のおにぎり　きゅうりに生みそ　落花生
子供達　あるいは妻　あるいは夫
あるいは愛　あるいは慈悲
あるいは生　あるいは死
霧が流れ　霧がこの世の人の手首を濡らす
Karma《カルマ》 と Kama《カーマ》は同じもの
愛と業《ごう》とは同じもの
愛は霧　業《ごう》もまた霧
濃くなってはうすれ　うすれてはまた濃いくなり
生命《いのち》を濡らす
びろう葉帽子の下で
山に登る
人は意志ある水となり

水に濡れて　山に沈む

真言《ことば》

南無不可思議光佛
なむふかしぎこうぶつ
南無不可思議光佛
なむふかしぎこうぶつ
南無不可思議光佛
なむふかしぎこうぶつ
南無不可思議光佛
なむふかしぎこうぶつ

この　八字十音の真言《ことば》が
いつしか　わたくしの生命《いのち》となり
究極の呼び名となった

満潮《みちしお》

夕方
矢筈《やはず》の浜の岩に　腰を下ろして
満ちてくる海を　見ていた
空には大きな雲があって
そのせいで　海はうす灰色であった
少しもかまわなかった
海は
ひたひたと　刻一刻と　足先にまでも迫るように
すごい勢いで　けれどもまったく静かに
無言で
満ちつつあった
秋がくる
この年の夏が過ぎて
わたくしの豊かさであり　死である
秋がくるのを

夕方
矢筈《やはず》の浜の岩に腰を下ろして
じっと見つめ　眺めていた

神宮君の話　その一

屋久島の海は汚い　と神宮君が言った
えっ　と僕は答えた
屋久島の海は　大阪湾とつながっているからなぁ
海はひとつだからなぁ
と　神宮君は言った
屋久島の海と　大阪湾がつながっているなんて
僕は知らなかった
もう五年ほど漁師をやっている　神宮君の話である

神宮君の話　その二

神宮君が船で仕事をしている時に
海に包丁を落としてしまった
すると親方が
お前はエビス様に刃物を向けた
海にあやまれ
と言ったそうである
不服だったが
しばらくして　やっぱり神宮君はあやまったそうである
心の中でね
と神宮君は言った

秋

その一

青じその実を採り
青じその実を　食べる
それだけのこと　それが　いのち
青じその実を採り
青じその実を　食べる

秋

その二

花みょうがを採り
花みょうがを刻んで　食べる
サバブシの粉をふりかけ　醤油をかけ
麦飯の上に載せて　食べる
それだけのこと　それが　いのち

花みょうがを採り
花みょうがを刻んで　食べる

こおろぎ　その一

こおろぎが
静かに　いっしんに　鳴いている
文明も　進化も　滅びも
ここには　ない
地のものであり
地である　こおろぎが
静かに　いっしんに　鳴いている

こおろぎ　その二

こおろぎが
静かに　うつくしく　鳴いている
水さえ流れず
なにものも　流れず
地のものであり
地である　こおろぎが
静かに　うつくしく　鳴いている

こおろぎ　その三

南無妙法蓮華経　と
ひさかたぶりに　心をこめてつぶやく
すると

それまで聞えなかったこおろぎの声が　静かに響いてきた
南無妙法蓮華経は
では
こおろぎの秘密真言《しんごん》　であったのか
ひさかたぶりに
心をこめて
南無妙法蓮華経　とつぶやいた

こおろぎ　その四

不思議だ
これまで　どんなに耳を澄ませても
夜の沈黙があるばかりで
一匹のこおろぎの声も聞かれなかったのに
幼なごころ
と　つぶやいたとたんに

少なくとも五匹のこおろぎが
五方で　静かに鳴いているではないか
地のものの鳴き声が
帰ってきたでは　ないか

こおろぎ　その五

なぜ　こおろぎは　鳴くのだろうか
そして　また
そのこおろぎの声を
わたくしは　なぜ　聞いているのだろうか
いっしんの　地のものである　こおろぎの声を——
なぜ　こおろぎは　鳴くのであろうか

こおろぎ　その六

こおろぎとは　誰か
わたくしとは　誰か
天もなく　地もない　只今此処《ただいまここ》で
鳴いているものは
誰か

暗闇

白川山《しらこやま》の暗闇の道を
妻と二人で　懐中電燈を照らして　帰ってきた
山にかこまれた暗闇はご　よいものはない
山にかこまれた暗闇の中にいると
安心して自分であり　自分達であることが　できる

自分であり　自分達であることほど　よいことはない
白川《しらこ》山《やま》の暗闇の道を
妻と二人で　懐中電燈を照らし　黙って帰ってきた

あとがき

今年の四月で、生まれ故郷の東京から屋久島に移り住んでちょうど十年が過ぎた。厳しい十年間であったが、島内外の友人知己の慈しみを受けて何とか生きてくることができた。これをひとつの区切りとして、この十年間に書きためた詩編の内から約五分の一を選んで、一冊の詩集として上梓することになった。

十年前、「屋久島を守る会」の方達から土地の提供を受けて、私達家族が一度《ひとたび》は廃村となったこの地に移り住んできた時には、同じく東京から移り住んできた友人の一家を除いてはここは無人の里であった。見棄てられた家々はすでに半ば朽ち傾いており、谷間のあちこちに放置された段々畑は、亜熱帯性の豊かな太陽と雨の力ですみやかに野生の山に返りつつあった。林道にはわがもの顔に猿の群れが行き交い、鹿達が遊んでいた。

私には三つの夢があった。

そのひとつは、一度は見棄てられたこの土地を、再び人間の住む土地に戻し、ここに新しい村里を作って行くことであった。島の生活の深い伝統から学びつつ、同時に今世紀の地球的諸問題の解決にいささかなりとも貢献できるような、里ができて行くことを願っていた。

　またひとつは、この人間を圧倒するほど豊かな自然環境の中で、自己の信仰、あるいは自己という知慧を、真裸のままに深めて行きたいという願いがあった。すでに東京郊外における生活において、観世音菩薩と呼ばれるひとつの真理に出会い、また、自己とは世界そのものの姿の別名であるという苦《にが》くかつ喜ばしい知慧を得てはいたが、その知慧と信仰はさらに鍛え深められねばならぬものとしてあった。

　もうひとつの夢は、むろんこの地で百姓をすることであった。経済原理の支配するこの時代にあって、敢えて最下層の貧農を志すと同時に、自然の道理と共に呼吸し生活する新しい喜びの世界を、自分のものとして行きたいと願った。

　十年を経て、その夢が実現したとはもとより言い難い。しかし、むろん挫折してもいない。

　この地には今、私達を含めて十家族三十数人の人達が住むようになり、十年前の半ば野生であった静寂は過去のものになろうとしている。借地ながら畑も増え、やみくもの百姓から、自分なりの百姓というものの地平を考える段階に入ってきたと思う。信仰、自己実現については、それが自己にかかわるものであるだけに、客観できない。道元禅師は、仏道とは自己を習うなり、自己を習うとは自己を忘れるなり、と言われたが、私にあっては依然として自己を習いつつあるのだとも思う。習い続けたいと願う。

『びろう葉帽子の下で』というタイトルについて、少し説明をしておきたい。

昨年（一九八六年）の五月、初夏の陽差しが強くなりはじめた頃、一湊《いっそう》のお店で、麦わら帽子にそっくりではあるが、びろう樹の葉で編んだ一目で手作りと判るその帽子を見つけた。昨今は、麦わら帽子といえどもすべて機械編みであるから、手作りであれば高価であろうと思いつつ値段を聞くと、何と二百円ということであった。お店の人の話では、それは倒産した奄美大島の問屋が放出した品物なのでそのように安いということであった。それを聞いて、安い、と喜んで買い求めた私の気持はさっと冷えた。またひとつ奄美の手の文化が滅びて行くのだ。それはただ奄美のびろう葉帽子作りという文化が滅びることを意味しているだけではなかった。

琉球の、東南アジアの、中央アジアの、アフリカの手の文化が、音をたてて滅びて行きつつあることの、ひとつの象徴であった。それらの美しく高貴な手の文化に代って、単一単相の物理科学文明がこの地球上を覆い尽くそうとしていることのしるしであった。

私は、この物理科学文明を全的に拒むものではむろんないが、自分の身心をはっきりと奄美的文化の側に、琉球的文化の側に、アジア・アフリカの文化の側に置くものである。それらの多様な文化相の豊かさによって、単一単相の機械科学文明の乏しさを補おうとするものである。

昨年の初夏以来、その放出されたびろう葉の帽子をかぶって、野良仕事に精を出した。私一個においては、少なくとも奄美の手の文化と共にありたい気持であった。その心情とは別に、びろう葉帽子にはもうひとつよいものがあった。麦わら帽子にしてもそうなのだが、ツバが広いので視界がその分だけ制限される。視野が制限されると、人はなぜかその分だけつつしむものである。つつしんで仕事をすると、作業はおのずからゆったりした動作となる。びろう葉帽子の下で、昨年の初夏以来私はそのことを習ってきた。

また同時に、一服の休みの時に、びろう葉帽子を脱いで頭部に風を受け、急に広くなった視野世界を眺めることも、ひとつのかけがえのない楽しみであった。一九八六年の夏は、チェルノブイリの灰降りしきる夏であったが、その絶望的状況にあっても、世界は変わらず美しいものであった。

ドイツローマン派の詩人ノヴァーリス（一七七二年〜一八〇一年）の『青い花』の扉には、次のような言葉が記されてある。

『すべて詩的なものは童話的でなければならぬ。

真の童話作者は未来の予言者である。

あらゆる童話は到るところにあってどこにもない、かの故郷の世界の夢である。』

この言葉は、詩の本質を見事に射抜いていると、私は感じる。現代詩あるいは現代詩人と呼ばれているものの多くは、自己を習うのではなく自我を追求する近代思想のもとにあるので、ノヴァーリスが童話と呼んだ詩の本質を遠く逸脱し、本来万人のものであるべき詩を、特殊な詩壇内の合言葉のようなものに狭めてしまった。

詩をもう一度、万人のものに取り戻したい。それが私の、心からの願いである。万人の胸に開かれた自己としての神が宿っているように、万人の胸に詩が宿っているはずである。それを掘ることを、土を掘ることと同じく、自分の終生の仕事としたい。

第一部「歌のまこと」に収めたものは、旧著『聖老人』中に収録されたものとかなり重複している。他にも何編かは、すでに出版された単行本中に収録したものがある。

また、雑誌『80年代』及び『地湧』の読者には、すでに発表済みのものの多くを収めたが、散文を伴わない一冊にまとまった詩集として、独自に読んで下さることを期待する。

表紙の挿画は、古くからの畏友高橋正明さんにお願いした。各章ごとの挿画は、白川山の里に共に住んでいる手塚賢至君にお願いした。また、扉に添付した紙は杉のうす皮を原料にした手漉き和紙である。同じく白川山の住人の小林慎一君が、準備期間を入れればほぼ三年間を費して、本書のために漉きためてくれたものである。このような協働の仕事ができたことを、心より嬉しく感じている。

詩集の発行を快く引き受けて下さった野草社の石垣雅設さんには、言葉にならぬ感謝を持っている。

最後に、この詩集を、昨年の夏三度目のインドの旅から帰った直後突然に亡くなった、彫刻家林謙二郎の霊に謹んで献げたいと思う。

一九八七年九月七日

山尾三省

存在

妻を失った　わたくしの
すべての悔いと
号泣を　のみこんで
山は　ただそこに在り
海もまた　ただそこに在り
なおかつ　静かに
川が流れている
水が　流れている

三つのおくり名

亡くなったあなたに
ここに残されたものは
慟哭の底から
心をこめて　三つのおくり名を　捧げる

ひとつには
太母院三楽順踊大姉《たいもいんさんらくじゅんようたいし》
子を養うことを　楽しみ
わたくしを　養うことを楽しみ
生きとし生けるものを　養うことを楽しみ
踊ることに順《よ》った魂《ひと》　と
いう意味である

ひとつには
神倭白川姫命《かむやまとしらかわひめのみこと》

神なる山門《やまと》をはしり下る
清らかな　白川の流れのほとりに住み
突然そこに帰った今は
多くの苦しみと
悲しみの衣をぬぐい棄て
清らかな　流れそのものとなったひと
という意味である

ひとつには
シャンティ　マー　シャンティ
白布に包まれた骨と
明るく微笑んでいる　その写真の前にあれば
夫であるわたくしを含めて
すべてのひとたちが
山茶花《さざんか》の花のような
つわぶきの花の　香りのような
深い平和《シャンティ》の感情に　浸される
という意味である

慟哭の底から
順子
あなたに
心をこめて　三つのおくり名を　捧げる

初七日

あなたは　わたくしをはなれ
もはや　ずいぶん遠くへ行ってしまった
シリウス星はごもの
遠くへ　行ってしまった

かつて
あなたといさかいをして
あなたが家を出て　真暗な谷を下って行ったとき

わたくしが待っていると
「あなたから逃れることは　わたしにはできなかった」
と言って
かなしく　帰ってきたことがあった

順子
あなたは
今度ばかりは　わたくしを見棄て
シリウス星よりも　冥王星よりも遠くへ
行ってしまった

あなたはそこにおいて
わたくしから逃れ切ったことに安堵《あんど》し
あなた自身の自由に帰ったことを　祝っている
らしいのだが
それは　少し甘いよ
わたくしが
ここにおいて　あなたを待っている限り

あなたがどんなに遠く飛翔しても
あるいは
火葬場の火に百度焼かれても
ここに帰ってくるほかはないのだ

なぜなら
あなたの行く先々には
すでにわたくしが待っており
わたくしが待つ限りにおいて
かつてのいさかいの夜のように
あなたは　ここに帰ってこなくてはならないのだ

わたくしの
ただひとりの妻
順子
わたくしは　すでにあなたの骨を静かに食べ
あなたを　形あるものとしても逃さない
術を身につけた

そしてあなたは
ここまでおいで　と
たえずわたくしをからかう　微笑の秘法を　身につけた
今や
あなたは自由に
どこにでも　その行くべきところに　行きなさい
しかしながら
ここにおいて　わたくしが待っている限り
そこにはすでにわたくしがおり
あなたのいない
この狂おしく淋しい家に　あなたは
帰ってこなくてはならない
あなたにとって
わたくしこそは　淋しさの主《ロード》
わたくしにとって
あなたこそは　淋しさの主《ロード》

身二つに分かたれた今

あらためて
では
霊の婚姻の契《ちぎ》りを結びましょう
わたくしの　順子
シャンティ　マー　シャンティ
あなたと共に
あなたのとても好きな　お祝いのビールを　飲みましょう

十一月二日、午前九時五十四分に、丸二日間の深昏睡状態のままで、妻は息を引いた。

突然の出来事であった。

慟哭の底にあって、通夜、葬儀、火葬、初七日等の儀式は、すべて私が僧として取り行なった。

せめてもの供養である。

この詩集の刊行を誰よりも待ち望んでいた彼女に、生前の息において見てもらえなかったことはいかにも無念であるが、あらためて襟を正し、その霊胸に捧げることをもって、別記とする。

一九八七年十一月十四日　正午

山尾三省

新装版あとがき

この詩集の初版が出たのは一九八七年の十二月であったから、それからもう五年半の月日が過ぎたことになる。この間私は再婚し、新しく二人の子供にも恵まれて、二度目の人生を生きている。

この五年半の間、私としては日本の各地で年に五、六回の割合でこの詩集の朗読をしてき、それなりの反響をいただいてきた。朗読に際しては、あらかじめこれこれの詩を読もうという予定は立てず、直前になって任意のページを開き、そこから読み始めるという方法を主としてとってきた。その場その時の、偶然の鉄則による出会いを楽しむためであった。

偶然の鉄則によってページをめくるのであるが、どの詩が本の中のどの辺りにあるかということは当然分かっているので、おおよその見当はある。今回は、章でいえば後半の「縄文の火」から読もうと見当をつけてページを割るが、指先がひっかかって、一章の「歌のまこと」が開けてしまったりすることもある。そういう時には、素直に指先に従って「歌のまこと」の章を読むことを楽しむ。

古い読者、そして新しい読者にお願いしたいのだが、こんな部厚い詩集は、最初から順を追って読み通すのでは疲れてしまう。任意に偶然の鉄則に従ってどこかを開き、そこから少なくとも十篇くらいの詩を読んでみていただきたい。三、四篇の少々長い詩を除いてはどれも短い詩だから、十篇読むのに大した時間は必要でない。そうしていただければ、多分きっとあなたと私の共通の時間がそこに創り出され、それは太古以来人が、「歌」と呼び「詩」と呼び続けてきた、日常性でありながら非日常の特異な時間であり、場でもあることが気づかれるだろう。

詩、あるいは歌は、絶望に耐え得る希望、あるいは祈りとして、太古以来歌われ、形づくられ続けてきたものである。私の詩がこの世紀末の絶望に耐え得るものかどうかは読者にゆだねねばならないが、私の希望と祈りはこの十年、この二十年変わらずに大地そのものにあり、大地と共に生きる人達と共にある。この大地（地球）が大宇宙の子供であるという物理的精神的な感性は当然あるけれども、そうであればあるほどこの大地こそは希望である。

大地、地域、風土、地球、この四つの言葉が相互に示し合い、鳴らし合う響きと風景の中に、私の希望は今もある。

新装版に当たっては、二ケ所あった誤植を直し、一ケ所の事実誤記を訂正し、一ケ所のやむを得ぬ語句変更をしたのを除いては、初版に手を入れることはひかえた。

装幀については、発行者の石垣さんの希望にそって新しくし、中山銀士さんにお願いすることになった。中味は変わらないが、私自身が月々年々にそうであるように、読む人によって内容は変わる。新しい版が、古い読者また新しい読者によって、希望と祈りを紡ぐ素材の糸になり得れば幸いである。

山尾三省

一九九三年四月一九日

山尾三省《やまお・さんせい》

一九三八年、東京・神田に生まれる。早稲田大学文学部西洋哲学科中退。六七年、「部族」と称する対抗文化コミューン運動を起こす。七三年〜七四年、インド・ネパールの聖地を一年間巡礼。七五年、東京・西荻窪のほびっと村の創立に参加し、無農薬野菜の販売を手がける。七七年、家族とともに屋久島の一湊白川山に移住し、耕し、詩作し、祈る暮らしを続ける。二〇〇一年八月二十八日、逝去。

著作目録

一九七五年『約束の窓』（詩画集） 絵・高橋正明 自費出版
一九八一年『聖老人——百姓・詩人・信仰者として』 プラサード書店
一九八二年『ラームプラサード——母神讃歌』 山尾三省・長沢哲夫共訳 屋久の子文庫
〃『狭い道——子供達に与える詩』 野草社
〃『ラマナ・マハリシの教え』 ラマナ・マハリシ著 山尾三省訳 めるくまーる
一九八三年『野の道——宮沢賢治随想』 野草社
一九八四年『ジョーがくれた石——真実とのめぐり合い』 地湧社
一九八五年『縄文杉の木蔭にて——屋久島通信』 新宿書房
一九八六年『ガイアと里——地球と人間のゆくえ 屋久島対談』 スワミ・プレム・プラブッダとの対談 地湧社
一九八七年『びろう葉帽子の下で』（詩集） 野草社
一九八八年『自己への旅——地のものとして』 聖文社
〃 *『聖老人——百姓・詩人・信仰者として』 野草社
一九九〇年『回帰する月々の記——続・縄文杉の木蔭にて』 新宿書房

一九九一年『新月――山尾三省第三詩集』（詩集）　くだかけ社
〃　『島の日々』　野草社
〃　『桃の道――月満ちてぽとりと地に落つ子どもらへ伝えてきたこと』　六興出版
一九九二年『コヨーテ老人とともに――アメリカインディアンの旅物語』　ジェイム・デ・アングロ作・画　山尾三省訳　福音館書店
一九九四年＊『縄文杉の木陰にて――屋久島通信』　新宿書房
一九九五年『水が流れている――屋久島のいのちの森から』　写真・山下大明　NTT出版
〃　『屋久島のウパニシャッド』　筑摩書房
〃　『森の家から――永劫讃歌』（詩集）　草光舎
〃　『ぼくらの知慧の果てるまで』　宮内勝典との対談　筑摩書房
一九九六年『深いことばの山河――宮沢賢治からインド哲学まで』　日本教文社
〃　『三光鳥――暮らすことの讃歌』（詩集）　くだかけ社
一九九七年『一切経山――日々の風景』　溪声社
一九九八年『聖なる地球のつどいかな』　ゲーリー・スナイダーとの対談　山里勝己監修　山と溪谷社
一九九九年『ここで暮らす楽しみ』　山と溪谷社
〃　『法華経の森を歩く』　水書坊
二〇〇〇年『「屋久島の森」のメッセージ――ゆっくりと人生を愉しむ七つの鍵』　大和出版

〃　『カミを詠んだ一茶の俳句――希望としてのアミニズム』　地湧社
〃　『アニミズムという希望――講演録　琉球大学の五日間』　野草社
〃　『親和力――暮らしの中で学ぶ真実』（詩集）　くだかけ社
〃　『屋久島の自然と詩の宇宙』　東京自由大学
〃　『南無不可思議光仏――永劫の断片としての私』（詩集）　オフィス21
二〇〇一年　『瑠璃の森に棲む鳥について――宗教性の恢復』　立松和平との対談　文芸社
〃　『水晶の森に立つ樹について――宗教性の恢復』　立松和平との対談　文芸社
〃　『リグ・ヴェーダの智慧――アニミズムの深化のために』　野草社
〃　『森羅万象の中へ――その断片の自覚として』　山と溪谷社
〃　『存在の車輪は永劫に回帰する』　東京自由大学
〃　『日月燈明如来の贈りもの――仏教再生のために』　水書坊
〃　＊『水が流れている――屋久島のいのちの森から』　写真・山下大明　野草社
二〇〇二年　『南の光のなかで』　野草社
〃　『祈り』（詩集）　野草社
二〇〇三年　『原郷への道』　野草社
二〇〇五年　＊『コヨーテ老人とともに――アメリカインディアンの旅物語』　ジェイム・デ・アングロ作・画　山尾三省訳　福音館文庫
〃　『観音経の森を歩く』　野草社
二〇〇八年　『春夏秋冬いのちを語る』　堂園晴彦企画・対談　南方新社
二〇〇九年　『銀河系の断片』　堀越哲朗編　幻戯書房

〃　『森の時間　海の時間――屋久島一日暮らし』　山尾三省・山尾春美共著　無明舎出版
二〇一二年　＊山尾三省ライブラリー『森羅万象の中へ――その断片の自覚として』　野草社
〃　＊山尾三省ライブラリー『ここで暮らす楽しみ』　野草社
〃　山尾三省ライブラリー『インド巡礼日記――インド・ネパール巡礼日記1』　野草社
〃　山尾三省ライブラリー『ネパール巡礼日記――インド・ネパール巡礼日記2』　野草社
二〇一三年　＊『聖なる地球のつどいかな』　ゲーリー・スナイダーとの対談　山里勝己編訳　野草社
二〇一六年　『屋久島だより』　山尾三省・山尾春美共著　無明舎出版
二〇一七年　＊『ジョーがくれた石［新装改訂版］――12の旅の物語』　地湧社
二〇一八年　『火を焚きなさい――山尾三省の詩のことば』　野草社
〃　＊『新版　狭い道――家族と仕事と愛すること』　野草社
〃　＊『新版　野の道――宮沢賢治という夢を歩く』　野草社
二〇一九年　『五月の風――山尾三省の詩のことば』（詩集）　野草社
〃　＊『ラマナ・マハルシの教え』　ラマナ・マハルシ著　山尾三省訳　野草社

＊は新版です。
本書は、一九八七年に野草社より刊行された『びろう葉帽子の下で』（新装版、一九九三年）の増補新版です。

新版 びろう葉帽子の下で

1987年12月23日　第一版第一刷発行
1993年7月22日　新装版第一刷発行
2020年2月22日　新版第一刷発行

著者
山尾三省

発行者
石垣雅設

発行所
野草社
〒113-0033
東京都文京区本郷2-5-12
TEL 03-3815-1701
FAX 03-3815-1422
〒437-0127
静岡県袋井市可睡の杜4-1
TEL 0538-48-7351
FAX 0538-48-7353

発売元
新泉社
〒113-0033
東京都文京区本郷2-5-12
TEL 03-3815-1662
FAX 03-3815-1422

印刷・製本
萩原印刷

ISBN978-4-7877-2081-8 C0092